Effets indésirables

Du même auteur :

Sur les nerfs,
éd. Fayard, Paris, 2012
(Livre de poche, 2013)

Criminels ordinaires,
éd. Fayard, Paris, 2013

Dans la dèche à Los Angeles,
éd. Fayard, Paris, 2014

- Rappelle-toi ça bien, rappelle-toi bien tout, tu as dit merci ?
- Oui, j'ai remercié tout le monde, je suis monté sur le comptoir du bar **Le Reflet** dans le 5ᵉ et j'ai dit les noms de tout le monde, un par un, comme dans une manifestation, pour que les gens entendent bien.
- Tu as dit à qui ?
- J'ai dit à lui là, j'ai dit à **Patrick Raynal** merci mon vieux, aussi j'ai dit merci à **Marie Brazilier**, à **Ryan Carter**, à **Stéphane Corcoral**, à **Hugues Bodart** et à **Fred Deltenre** ; et **Tania Brimson** et **Marie Flore** je leur ai dit aussi mais elles se disputaient elles ont pas entendu, et aussi j'ai dit à **Marie Eugène**, à **Camille l'Assistante** et à **Emilie Le Hin** et au petit **Jack** merci — même eux je voulais descendre pour les prendre dans mes bras mais j'ai glissé je suis tombé du bar et j'ai cassé les verres, regarde j'ai encore la blessure là.
- Et quand t'es tombé t'avais bien dit à tout le monde qu'ils étaient sympas sur ce coup-là, de t'avoir filé la main ?
- Non j'avais pas fini en plus j'avais peur d'oublier et j'ai dû tout recommencer, du coup ça a énervé **Charlotte Lefèvre**, la barmaid, mais j'ai dit attends, c'est important et j'ai quand même pu redire les mercis en commençant par les mêmes que tout à l'heure où je t'ai dit les noms.
- Et du coup, tu as dit qui ?
- J'ai dit, je t'abrège ceux du début pour pas me répéter : j'ai fait le bisou à **Clémentine Thiebault**, à **Stéphanie Delestré**, à **Pélagie**, à **Bénédicte Gimenez**, à **Carmen Georges** et **Laurence Vintejoux** je voulais dire merci mais elles étaient sorties chercher des clopes on a tous dû attendre qu'elles reviennent parce que j'y tenais et en attendant j'ai dit à tous ceux qui manquaient, à **Julien** et **Isabelle Patoche**, à **Adri** et **Jazmin**, et à **Sébastien Wespiser**.
- À Sébastien ? Pourquoi à Sébastien ?
- Ben parce que je l'aime bien et puis voilà. Lâche-moi.

LARRY FONDATION

Effets indésirables

Traduit de
l'anglais (États-Unis)
par Romain Guillou

Éditions
Tusitala
2016

Sommaire

Titre original : Unintended Consequences

Pour Bett Williams : amicalement, avec toute mon affection.
Je tiens aussi à tout particulièrement remercier Kate Ruth.

J'aimerais sincèrement remercier les publications et revues en ligne suivantes, dans lesquelles certaines des histoires de ce recueil ont déjà été publiées, parfois sous des formes différentes :

Poetic Inhalation – « Se marier » ;
Fiction International – « Choses mortes », « Envie de sang », « Dose », « Maquillage », « Satisfaire sa dépendance », « Casque bleu », « Le patriote » ;
Arcade – « The Last Stop » ;
The Brooklyn Rail – « La Californie du Centre », « Le Staples Center » ;
Flaunt – « Dealer de baskets » ;
Asylum – « Chapeaux », « Ambulance », « Teléfono » ;
Two Ton Santa – « Ce que je déteste dans le gouvernement » ;
Pleiades – « Vietnam : l'expulsion », « Bébé » ;
Society – « Casper » ;
Plastique – « Chapeaux » (revue et corrigée, avec Kate Ruth) ;
Five Fingers Review – « Sans emploi » ;
Pale House.com – « Appétit d'oiseau », « Le bracelet » ;
Oak Square – « Les chevaux du savoir » ;
Western Humanities Review – « Vie de voyou ».

« Sans emploi » apparaît aussi, dans une version considérablement différente, sous la forme d'un chapitre dans mon roman *Dans la dèche à Los Angeles* (Fayard, 2014).

L.F.

PREMIÈRE PARTIE

Crimes et bizarreries

« Allons-y. »
Derniers mots de Gary Gilmore avant d'être fusillé par le peloton d'exécution.
Salt Lake City, Utah – 1977

Se marier

J'étais assis tout seul au bar. Je ne connaissais personne. Le type à côté de moi était plutôt balèze. Il avait l'air bien bourré. Il avait deux bouteilles de Heineken devant lui. Le barman a ramassé celle qui lui semblait vide. J'imagine qu'elle ne l'était pas, ou alors le type cherchait les problèmes. Quoi qu'il en soit, il m'a accusé.

– T'as bu ma bière.

– Non.

– Viens dehors, on va régler ça entre hommes.

– Pas ce soir.

– Quoi ?

– Demain. Ce soir, j'ai la grippe.

– Arrête tes conneries.

J'ai sorti mon .45 et je lui ai collé sur la tête.

– J'ai dit demain.

– D'accord, il a dit.

Je me suis pointé le lendemain soir après avoir passé 24 heures à tousser et à bouffer des médocs.

Le type m'a mis une branlée.

Je ne sais pas si c'était volontaire ou non mais j'avais laissé mon flingue chez moi.

***

Deux jours plus tard je suis retourné là-bas mais il n'y était pas. C'est à ce moment-là que ça a vraiment commencé. Le bordel. Un beau bordel. Voilà dans quoi je m'étais fourré. À me planquer dans le bar. Non, pas vraiment à me planquer. J'avais pris les gens en otages. Voilà, comme ça, c'est dit. C'est ça la vérité. Il y avait quinze personnes dans le bar et je les menaçais avec mon flingue. Je ne savais pas ce que je faisais, ni pourquoi.

Les flics m'ont appelé.

Le barman m'a tendu le téléphone.

Le policier m'a demandé :

– Quelles sont vos exigences ?

– Hein ?

– Qu'est-ce que vous voulez ?

Le flic avait commencé sur un ton calme, mais il semblait déjà perdre patience. Il pensait que je jouais au con, mais j'avais vraiment pas compris ce qu'il voulait dire au début.

– J'ai besoin d'un verre, j'ai dit au téléphone, sans m'adresser à personne en particulier.

Le flic m'a dit de passer le téléphone au barman, ce que j'ai fait.

– Qu'est-ce que vous voulez ? m'a demandé le barman. Je suis le patron. Vous pouvez commander ce que vous voulez… c'est la maison qui régale.

J'ai entendu le flic gueuler « Magnez-vous » dans le combiné que le barman tenait toujours à l'oreille. Le patron a récité la liste des bières sans sourciller.

– Heineken, Corona, Amstel Light, Coors, Budweiser.

– Une Corona.

– Vous voulez du citron vert avec ?

On pouvait entendre le flic hurler dans le combiné qui se trouvait à présent sur le bar alors que le barman décapsulait ma bière et pressait du citron vert dedans. J'ai pris le téléphone sur le bar et j'ai dit au flic de baisser d'un ton ; il commençait à rendre les gens nerveux. Je lui ai dit de s'abstenir de me faire le coup du « Sortez les mains en l'air » et, comme le patron me l'avait gentiment fait remarquer, je lui ai dit que je gérais cette prise d'otages d'une main de maître. Puis j'ai raccroché. Après tout, on passait un bon moment. J'avais à peu près cent dollars en poche et le bar était plutôt miteux, alors je me suis dit que le patron ne devait pas être riche, j'ai donc proposé de payer une tournée générale. Bien sûr, il n'y avait qu'une quinzaine de personnes sur place. Il était aux alentours de quatorze heures.

Ensuite, on a allumé la télé pour se voir. J'ai repensé à la question du flic : « Qu'est-ce que vous voulez ? »

Je crois avoir mentionné plus tôt, mais peut-être que non, que je trouvais une des clientes du bar plutôt mignonne. Elle s'appelait Mariana et j'aimais la façon dont elle se tenait sur son tabouret devant le bar, très décontractée, même quand j'avais sorti le flingue, que j'avais à présent remis au barman, lequel avait déchargé l'arme puis l'avait reposée sur le bar où elle gisait, inoffensive.

Bien sûr, les flics ne savaient rien de tout ça. Le négociateur n'arrêtait pas d'appeler ; on l'ignorait ou on décrochait le téléphone et on lui raccrochait au nez, sans rien dire.

– Qu'il aille se faire foutre, j'ai dit.

– Ouais, qu'il aille se faire foutre, a dit Mariana.

Quand le policier a rappelé, le patron l'a mis sur haut-parleur.

« Va te faire foutre, va te faire foutre, va te faire foutre ! » on a crié en chœur. J'ai payé une autre tournée.

Mariana travaillait quatorze heures par jour. À préparer des muffins anglais. Cent mille muffins par jour. Elle détestait ça, évidemment.

Le flic a arrêté d'appeler et s'est mis à se servir d'un mégaphone. Mariana a mis quatre pièces de vingt-cinq cents dans le juke-box et le patron a monté le volume pour couvrir le mégaphone. Ça a marché.

– Avant, j'élevais des pitbulls avec mon frère, a dit Mariana. Les affaires marchaient plutôt bien.

– Qu'est-ce qui s'est passé ?

– Un de nos chiens a tué un type, un de nos employés.

J'adorais écouter ses histoires. Elle aimait que je l'écoute. Elle a raconté d'autres histoires et moi, j'écoutais la plupart du temps, mais je me sentais tellement bien à ses côtés que j'ai commencé à me confier, un truc que je fais rarement.

– J'ai vachement peur d'être mal compris, je me suis surpris à dire. Par exemple, la bagnole d'un type tombe en rade. Il est avec son fils qui doit avoir aux alentours de dix ans. Ils s'escriment mais ils arrivent pas à faire bouger la caisse. Je leur fais un signe du genre, « Je peux vous pousser avec ma bagnole ». Ils pensent que j'essaye de les presser, que je leur fais signe de se magner, que je suis impatient. Le type, le père, lève le doigt pour dire « Une minute », mais je veux pas du tout les bousculer, tu vois ce que je veux dire ? J'essayais d'être sympa. Mais ils ont pas compris. Ça t'est déjà arrivé ?

– Quand est-ce que tu respires ? m'a demandé Mariana.

– Qu'est-ce que tu veux dire ?

– Tu parles vite.

– Je suis tendu.

– À cause des flics ?

– Non. À cause de toi.

– À cause de moi ?

– J'ai envie de te plaire...

Elle m'a caressé la joue. Le contact de ses ongles m'a donné des frissons et je tremblais de plaisir. Elle a retiré sa main.

– Non, s'il te plaît, j'ai dit.

J'ai remis sa main, ses ongles, contre mon cou.

Pendant ce temps, le patron avait payé deux tournées histoire d'égaliser avec les miennes, alors on commençait à être bien pétés. Dehors, d'autres flics sont arrivés. L'accumulation de gyrophares bleus commençait à nous déranger. Randy – le barman s'appelait Randy ; en fait, le bar s'appelait « Randy's Saloon » – bref, Randy nous a préparé des doubles shots, à Mariana et moi.

– On dirait que ça colle bien entre vous, il a dit en nous faisant passer nos boissons.

Tout à coup, on a entendu du bruit sur le toit. Ce n'était pas le père Noël, mais encore d'autres flics. Randy a débranché le jukebox. On a répondu au téléphone cette fois-ci. Ça commençait à devenir grave. C'était un autre flic, mais il a posé la même question : « Quelles sont vos exigences ? »

Il fallait que j'aille aux toilettes.

– Randy, demande-lui son numéro, s'il te plaît.

– À qui ?

– Au flic... je le rappellerai. Faut que je pisse.

Randy a dit au flic :

– Il est sorti une minute, là. Il peut vous rappeler ?

– Comment ça, il est sorti ? a hurlé le flic puis il a raccroché.

On entendait encore plus de bruits de pas et de mégaphones. Quand je suis revenu des toilettes, j'ai pris une grande inspiration.

J'ai regardé Mariana droit dans les yeux – du moins, aussi droit que j'ai pu – j'étais très nerveux.

– Je veux me marier.

– Quoi ? a demandé Mariana.

– Tu veux m'épouser ?

– Oui, elle a répondu si doucement que j'ai à peine pu l'entendre.

Randy et les clients qui étaient assis à côté de nous ont applaudi et ont poussé des cris de joie. J'ai regardé Randy. Je m'étais à moitié attendu à ce qu'il laisse les flics entrer pendant que j'étais aux toilettes. Il a surpris mon regard inquiet.

– Je t'aurais jamais fait ça. Tu vas te marier.

– Qu'est-ce qu'elle a répondu ? a crié un vieux à l'autre bout du bar.

– Elle a dit « oui ». Ils vont se marier.

Une deuxième salve d'applaudissements a éclaté – c'était tous ceux qui ne m'avaient pas entendu faire ma demande.

Les flics dehors et sur le toit commençaient à être sur les nerfs. Le juke-box était à nouveau à fond et on les entendait quand même s'agiter par-dessus la musique.

– Il faut régler cette histoire, a dit Randy, tout à coup sérieux.

Je l'ai regardé d'un air ahuri alors que je comprenais très bien.

– Tu pourrais en prendre pour vingt ans, il a dit.

– J'ai une idée, a crié le vieux, toujours immobile au bord du comptoir.

Il nous a rejoints très lentement. Ça lui a pris un temps fou de parcourir les trois mètres qui nous séparaient, mais on était tout ouïe.

– C'est comme dans l'émission du matin, il a dit. À la radio.

Mariana se rongeait les ongles. Elle avait des ongles magnifiques, longs et élégants, alors je lui ai retiré la main de la bouche, tout en imaginant l'anneau que je lui passerais au doigt.

– Qu'est-ce que vous racontez ? elle a demandé au vieux.

– On va dire que c'était un canular, il a expliqué. Un coup monté pour qu'il la demande en mariage. Comme il est trop timide et tout, il avait besoin d'un petit coup de pouce.

– Il va quand même en prendre pour cinq ans, a fait remarquer un autre type. À faire le con avec le système d'intervention d'urgence et tout.

– Il sera sorti au bout d'un an pour bonne conduite, a repris Randy.

Je me sentais impuissant à les écouter parler de mon sort. J'avais agi sur un coup de tête.

– Je vais l'épouser tout de suite et je l'attendrai jusqu'à ce qu'il sorte, a déclaré Mariana.

Je l'ai embrassée. Je l'aimais.

– On va bien faire les choses, j'ai affirmé.

Randy était surexcité.

– On va marchander avec eux au téléphone, il a dit. Ils peuvent nous passer le procureur. On va négocier ta peine.

Il s'est avéré qu'il avait raison. Les flics étaient contents que ça se termine.

On était tous unis, on a bien pu négocier.

Randy était super dans le rôle du dur à cuire ; Mariana jouait à la perfection l'épouse accablée.

Je m'en suis bien sorti. Six mois fermes, plus deux ans de conditionnelle.

À ma libération, Mariana et moi nous sommes mariés dans le bar de Randy. Ça a été grandiose.

Choses mortes

Elle n'aimait ni les oiseaux morts ni les rongeurs morts.
Il a commencé à devenir plus direct, voire insistant.

BUS 209 :
Rowena & Glendale 14:09
Glendale & Glenfeliz 14:12

Elle utilisait du rouge à lèvres de qualité. Elle n'arrivait pas à l'étaler droit.

Je suis un porc, il a dit.

Les lumières sont éteintes en Californie. Par intermittence, en fait.

Je me présente au poste de gouverneur, elle a dit.

Le petit-déjeuner était composé d'œufs et de bacon, et d'un muffin anglais. Elle voulait dire « nature » pour dire sans beurre, mais quand la serveuse est venue, elle est restée silencieuse, alors elle a eu un muffin plein de gras.

Il avait commandé pour elle.

Je demande constamment de l'argent.

Je n'en ai jamais assez… il me manque toujours quelque chose.

L'odeur du jasmin de nuit se répand jusque dans les quartiers les plus merdiques de Los Angeles. Ça sent le sexe, le foutre sur les couvertures.

Je vais prendre un double cheeseburger, une grande frite et un Coca Light.

Je ne sors pas trop.

Arrête de tourner autour du pot : tu vas me baiser, oui ou non ?

Elle a des paysages dessinés sur les nibards.

Les terres de l'Ouest et le mont Fuji.

Les ordures s'accumulaient sur San Pedro ; d'une manière ou d'une autre le service de collecte ne remplissait pas sa mission.

J'ai beaucoup bu cette nuit-là, je bois toujours beaucoup.

Je pense souvent à elle. Tout le temps, en fait.

Ensuite, on a voulu prendre la route. Pas en voiture. En car.

Les gares routières Greyhound sont à la fois magnifiques et tristes.

Je débarque.

Seul.

Je ne peux pas vivre sans elle.

Elle est descendue à un autre arrêt.

Elle n'a jamais été avec moi.

Je n'ai jamais arrosé les plantes ; la prison, ça ne m'a jamais dérangé. Pas vraiment.

Depuis la terrasse d'observation, je vois la ville.

Je n'y ai jamais vécu.

Allez, circulez, dit le flic.

Je bouge sans arrêt. Ça ne me concerne pas.

Je ramasse les oiseaux et les rats morts – pour l'équarrissage.

Elle s'est mise en colère.

Ça n'a pas arrangé la situation.

Elle a rempoté les plantes ; mais j'oubliais toujours de les arroser.

J'utilisais son rouge à lèvres pour dessiner – sur du carton ou du papier.

De nouveau, elle s'est mise en colère.

Le regret est un dilemme puritain.

Comme d'habitude, j'ai tourné la page, mais je ne suis jamais parti.

The Last Stop

Les guirlandes de Noël brillaient au-dessus de la scène, au-dessus des stripteaseuses, toute l'année, rouges et vertes. Les filles dansaient principalement sur du mauvais rock'n'roll. Les barmans, les serveuses, les danseuses et le videur étaient des femmes. L'endroit s'appelait The Last Stop.

Ron aimait boire seul, mais il n'aimait pas être seul à sa table. Quand il commandait au bar, il demandait toujours un verre de tequila puis il allait toujours à une table où il y avait des gens qu'il ne connaissait pas et à qui il n'adressait pas la parole. Les gens jetaient un coup d'œil dans sa direction mais ils ne disaient rien.

Au début Sable a pensé qu'il était bizarre. Elle l'évitait même quand il lui donnait de bons pourboires, ce qu'il faisait toujours.

Au bout de la cinquième ou sixième soirée, il avait commencé à gagner sa confiance et elle le laissait compter ses pourboires avec elle – beaucoup de billets de un, mais parfois un de cinq, rarement un de dix, et une fois, une fois seulement, un de vingt. Quand elle a reçu le billet de vingt, elle s'est carrément penchée par-dessus la rambarde pour rouler une grosse galoche au client, un type que Ron se rappelait ne pas aimer, même si ce n'était pas ses affaires. Voilà à quoi il a pensé quand il a analysé la situation. Mais quand il s'agit de jalousie, on n'est jamais sûrs de rien.

Il avait besoin d'une voiture, elle avait besoin d'une voiture. Aucun d'eux n'en avait une. Elle disait qu'elle prenait le bus pour venir bosser et quand elle sortait le soir, ses amis la conduisaient. Elle avait largué son mec six mois plus tôt. Il était complètement camé. Il lui volait son argent. Elle disait qu'elle s'en tirait pas mal en dansant. À présent, elle sortait avec des types à l'occasion. Rien de sérieux. Aller à la fac. Les cours du matin. Des fois c'était dur de se lever tôt quand elle travaillait jusqu'à la fermeture.

Ron est venu tous les soirs, et puis il a arrêté. Exprès. Au bout d'une semaine, il est revenu. Sable l'a serré fort dans ses bras et lui a dit qu'il lui avait manqué. Il s'est assis à une table – tout seul cette fois-ci. C'était un mardi soir, alors, bien qu'il soit arrivé tard, il a trouvé une table libre. Une fois assis, il a sorti un petit miroir et un rasoir électrique et il s'est rasé.

Les autres danseuses, toutes des amies de Sable, faisaient des messes basses, mais elle n'en avait rien à faire.

En journée, ils ont commencé à se promener ensemble. Ils se retrouvaient pour une courte balade puis se séparaient. Il portait toujours un short et des chaussures de randonnée, quelle que soit la saison et même s'ils ne faisaient que flâner sur Hollywood Boulevard. Un jour, ils ont déjeuné ensemble. Au Killer Burger sur le Boulevard. C'est lui qui a payé. Huit dollars seulement. Mais c'était quand même sympa de sa part. Vous savez, c'est l'intention qui compte. C'est ce qu'elle a dit à ses amies, ses collègues danseuses. Lui, il avait tout prévu à l'avance. Il savait que ça ferait bonne impression. En dépit de ses manières bizarres. Il se l'était avoué. Il était conscient d'avoir un comportement étrange.

Il a commencé à leur amener des plats à emporter, gagnant la confiance de nouvelles filles à chaque fois – d'abord des pizzas, puis des plats chinois et enfin, des repas complets. Dieu sait combien il a dépensé. Les filles ne s'imaginaient pas qu'il avait volé la carte de crédit d'un autre client – sur le bar, personne ne regardait.

Un soir, elle est sortie en même temps que lui. Il a allumé une pipe. Elle n'avait jamais fumé d'herbe. Elle a rigolé pendant toute la danse qui a suivi.

Une autre fois, il l'a retrouvée au Last Stop à midi. Ils ont bu un verre et ils avaient huit heures devant eux avant qu'elle aille travailler.

– On va voir un film ?

– Où ça ?

– À Glendale. Y a un bus qui y va.

Ils sont allés voir *Pirates des Caraïbes*. Ils se sont dit que Johnny Depp était un bon acteur et ils ont parlé des autres films qu'ils aimaient.

Le week-end suivant, Sable a dû quitter la ville pour aller voir ses parents dans la région de la baie. Ron a gardé son appartement pendant son absence et il s'est occupé de ses chiens et quand elle est revenue, les chiens étaient contents et en bonne santé.

– Oh, merci, a dit Sable.

– Aucun problème.

– Ron, tu veux bien m'aider à trouver une voiture ? elle a demandé. J'ai mis un peu d'argent de côté et mes parents vont m'aider.

Le lendemain, Ron est sorti tout seul pour trouver une voiture que Sable pourrait s'acheter. Elle avait quatre mille dollars. Il y avait moyen d'avoir quelque chose de décent à ce prix-là. Rien de trop sophistiqué, rien de trop tape-à-l'œil, mais certaines options étaient quand même indispensables : un toit décapotable, un bon autoradio, des sièges en cuir et éventuellement des vitres électriques. Une vieille Volvo ou peut-être une Saab. Ou alors une Buick ou une Mercury bien entretenue, un modèle de la fin des années quatre-vingts.

Ça lui a pris l'après-midi pour faire le tour des vendeurs de voitures d'occasion sur Brand à Glendale. Beaucoup de choix. À un endroit qui s'appelait Nirvana Auto, il en a trouvé une pas mal : une Mercury Cougar de 1989. En parfait état et à bon prix, en plus.

Elle était tellement contente quand il la lui a montrée. Elle a souri et puis elle a tiqué.

– Qu'est-ce qu'il y a ? il lui a demandé.

– C'est 4 500 dollars et j'en ai que 4 000.

– Rentre là-dedans et marchande avec le vendeur, a dit Ron. Tente ta chance !

– Mais s'il veut rien savoir ?

– J'essayerai de lui parler à mon tour. On fait équipe maintenant.

Sable est entrée dans la petite cahute qui faisait office de bureau.

Ron faisait les cent pas dehors. Il a fumé trois cigarettes.

Au bout d'un moment, elle est ressortie, l'air vraiment déçu.

– Il descendra pas en dessous de 4 300 dollars.

Ron l'a serrée dans ses bras.

– Je vais voir ce que je peux faire.

– D'accord, elle a répondu.

Il a tendu la main.

– Quoi ?

– Faut que tu me passes l'argent.

Elle a hésité.

Il s'en est rendu compte et il a eu l'air blessé.

– Sable, il a soupiré tristement.

– Désolée, elle lui a répondu, puis elle lui a donné les quarante billets de cent.

Il s'est dirigé vers les bureaux.

Elle a commencé à le suivre.

– Reste ici, il lui a dit. Il a refusé ton offre. Il faut que j'y aille tout seul.

Sable lui a demandé une cigarette.

– Tu fumes pas.

– Je suis stressée.

Il lui en a donné deux.

Au bout de dix minutes, il est sorti.

Il avait les clefs derrière le dos. Il faisait en sorte qu'aucune expression ne trahisse son succès.

Elle le regardait, les yeux grand ouverts.

Il lui a lancé les clefs.

Elle a été surprise, mais elle a levé les mains à temps et a attrapé les clefs.

– Elle est à toi.

Sable a sauté sur place puis elle a serré Ron dans ses bras et l'a embrassé.

C'était la première voiture qu'elle ait jamais eue.

Elle a coupé court à son accès de joie pour regarder sa montre.

– Oh, merde, elle a dit.

– Quoi ?

– Faut que j'aille bosser.

– Dis-leur que t'es malade, il a dit. C'est un grand jour.

– Je peux pas. J'ai besoin de l'argent. Et puis ça serait pas juste. Ça fait trop de boulot pour les autres filles.

– Ouais, t'as raison.

– Oh, chéri. T'es merveilleux.

– On va montrer la bagnole aux filles ce soir.

– Les filles vont être contentes pour moi, elle a dit. On a toujours été proches. Ça va pas faire loin de neuf ans que je danse avec certaines d'entre elles.

– Elles vont être fières de toi.

– Tu es tellement gentil avec moi, elle lui a dit. Allons-y.

Elle a sauté dans le siège conducteur puis elle a ouvert la porte du côté passager pour Ron.

Malgré son empressement, Sable roulait avec prudence dans sa nouvelle voiture sur le chemin du Last Stop.

Quand ils sont arrivés sur place, elle n'a pas trouvé de place de parking.

– Je suis trop en retard, elle a gémi.

– Vas-y, dépêche-toi, a dit Ron. Je vais garer la caisse.

Elle l'a regardé avec un sourire en coin.

– T'inquiète, je vais faire gaffe.

Ils se sont embrassés, serrés dans les bras l'un de l'autre, puis elle a sauté de la voiture et Ron s'est installé dans le siège conducteur.

Elle lui a envoyé un baiser par-dessus l'épaule alors qu'elle courait vers l'entrée de la boîte.

Ron a réglé le siège et les rétroviseurs puis il a fait demi-tour vers Hollywood Boulevard.

Même lui se sentait mal tandis qu'il s'éloignait dans la voiture, une voiture payée en liquide, immatriculée à son nom.

Il lui a acheté une bague

Ricky ne se sent pas particulièrement coupable, juste un petit peu. Il n'a pas encore couché avec Donna, mais ils se sont embrassés. La dernière en date d'une longue série de secrétaires.

L'immobilier marche encore bien à Los Angeles. Il s'est fait beaucoup d'argent ce mois-ci. Il peut se permettre d'acheter quelque chose de beau à Janet. Ça fait longtemps qu'ils sont mariés et c'est une bonne épouse.

Il quitte le travail de bonne heure et s'arrête à la bijouterie. La vendeuse est mignonne et il flirte un petit peu avec elle. Il prend son temps pour choisir le cadeau. Il demande à la vendeuse d'essayer les bijoux – un collier, un bracelet et diverses bagues. La plupart en diamant, quelques-uns ornés d'autres pierres précieuses.

C'est une belle boutique, accueillante et bien éclairée. Elle se situe sur Vermont Avenue, dans le quartier de Los Feliz. La vendeuse est non seulement mignonne mais aussi sympathique. Il y a du brandy et du scotch sur le comptoir, gratuit pour les clients. La vendeuse – elle s'appelle Stacy – lui offre un verre et il accepte.

Stacy lui présente une bague particulière – elle lui dit qu'elle provient d'une vente aux enchères. Elle lui plaît immédiatement.

La bague est sertie de trois pierres, un saphir et un rubis sont montés de chaque côté d'un diamant conséquent. L'anneau est en or blanc.

– Elle va l'adorer, il dit.

– Elle est un peu chère, le prévient Stacy.

– Je veux quelque chose de beau.

– C'est deux mille cinq cents dollars, annonce Stacy.

– Je vais la prendre, il répond.

Il n'hésite pas, même s'il devrait. Il veut un beau cadeau, mais il pensait dépenser entre cinq cents et mille dollars.

– Je vous fais un paquet cadeau ? demande Stacy.

Il se demande si, au fond, il n'est pas en train d'essayer d'impressionner la vendeuse. S'est-il laissé aller après un verre de scotch ? Stacy sait-elle qu'il se sent coupable de quelque chose ?

– Je l'emballe, monsieur ? elle lui demande.

– Oh, oui, s'il vous plaît, il répond.

Stacy emballe la bague et il la paie – en liquide. Il lui glisse un billet de cent dollars en pourboire, qu'elle refuse au départ puis finit par accepter, vu qu'il insiste.

Ils se sourient, un rien gênés, puis il quitte la bijouterie et rentre chez lui.

***

Dans leur maison sur Franklin, Janet prépare le dîner et parle au téléphone. Elle discute avec leur voisine, Anne.

– Tu n'aimes tout simplement pas Ricky, dit Janet.

– Peut-être que la raison pour laquelle je ne l'aime pas c'est que tu te plains toujours de lui.

– C'est pas vrai.

Elle mélange de la viande hachée avec des œufs et des épices.

– On parle de ça la moitié du temps, Janet.

– Il n'y a qu'avec toi que je parle de ce genre de choses.

– J'en suis flattée.

– Ne fais pas la maligne, Anne.

Janet épluche des poivrons rouges grillés.

– Je plaisante, dit Anne.

À essayer de cuisiner en tenant le téléphone, Janet se brûle les doigts.

– Merde, elle lance.

– Quoi ?

– Je me suis brûlée.

– Ça va ?

– Ouais.

– Écoute Janet, j'aime bien Ricky.

– Faut que j'y aille.

– Tu m'en veux ?

– Pas du tout, répond Janet. Mais il faut que je fasse attention, je fais la cuisine.

– C'est toi qui as abordé le sujet.

– Je sais. Je sais. Mais faut quand même que je file. Je te rappelle plus tard.

Janet raccroche.

Elle prépare le repas préféré de son mari : des poivrons farcis à la viande d'agneau hachée, et non de bœuf.

Elle n'a pas fini de faire à manger quand elle entend la clef dans la serrure et la porte qui s'ouvre. Ricky est en avance.

***

Ricky a l'écrin de la bague enfoncé dans sa poche de veste.

– Coucou chéri. Tu es en avance, dit Janet.

– Et toi, tu cuisines, répond Ricky. J'allais t'emmener au restaurant.

– Les enfants sont chez ma mère. J'ai pensé qu'on pourrait manger un bon repas à la maison.

– Ça sent bon. C'est quoi ?

– Des poivrons farcis à l'agneau.

Ricky prend sa femme dans les bras et l'embrasse. Il veut attendre un meilleur moment pour lui offrir son cadeau mais il est impatient et dépose l'écrin dans sa main.

– Oh mon Dieu, oh mon Dieu !

Janet oublie Sally et Anne et tout ce qu'elle reproche à Ricky, elle aime la bague et Ricky l'aime, et tous leurs problèmes semblent disparaître et ils sont heureux à présent.

***

Après le dîner, Ricky dit :

– Sortons boire un verre.

– Je vais mettre ma bague, dit Janet.

Elle l'enfile à l'annulaire.

– Tu veux aller au Joey's ? lui demande Ricky.

– Allons dans un endroit plus chic.

Ils vont au centre-ville, au bar de l'hôtel Bonaventure, un bar tournant d'où l'on voit tous les gratte-ciels de la ville.

De retour à la maison, ils font l'amour avec passion et s'endorment dans les bras l'un de l'autre.

Janet ne rappelle pas Anne.

***

Le lendemain matin, Ricky se lève pour aller au boulot et Janet reste au lit avant d'aller chercher les enfants chez sa mère. Elle se fait un café, des œufs brouillés et appelle sa mère pour lui dire qu'elle sera là dans une heure.

– Comment vont les enfants ?

– Très bien. De vrais petits anges.

Janet rit puis raccroche le téléphone.

En chemin, Ricky l'appelle.

– Je viens d'apprendre que j'ai une réunion ce soir à sept heures. Je ne serai pas à la maison avant neuf heures.

Janet est déçue, mais elle ne le montre pas. Ils ont passé une si belle soirée la veille, elle est encore sur son nuage.

En rentrant de chez sa mère, Janet reçoit un coup de fil d'Anne.

– Tu veux bien boire un verre avec moi ce soir ? demande Anne.

– J'ai les enfants, répond Janet.

– Ma chérie, c'est important, dit Anne.

Janet a l'impression qu'elle est en train de pleurer.

– Je vais demander à Arlene de venir.

Arlene est la baby-sitter de quinze ans qui vit à côté.

***

Arlene frappe à la porte et les deux femmes, jeune et plus si jeune, parlent du match de foot que l'équipe du lycée Marshall a joué le vendredi précédent et du quarterback qu'Arlene aime bien. Arlene dit que sa mère pense qu'elle est trop jeune pour sortir avec des garçons. Arlene pense que quinze ans, c'est bien assez.

Janet va rejoindre Anne au Joey's, là où tout le quartier se désaltère, à deux pas de Hollywood Boulevard. Le petit parking est plein à craquer, alors elle trouve une place dans une rue toute proche. Le Joey's est un bouge, un lieu de transition – plein de dégénérés, de hipsters et de gens du quartier, en proportions égales. Mais il est apprécié de tous.

Il s'avère qu'Anne a des problèmes conjugaux. Son mari la trompe et bien qu'il se soit excusé et lui ait dit que cette aventure était finie, elle ne sait pas si elle peut lui pardonner. Janet s'aperçoit qu'Anne ne dit rien sur sa bague. Elle veut lui montrer, mais elle n'ose pas.

Janet écoute beaucoup, elle essaie de la soutenir, mais lorsque vingt-et-une heures approchent, elle commence à regarder sa montre. Elle veut rentrer à la maison avant Ricky.

– Je ne veux pas te retenir, dit Anne.

– Je suis désolée, répond Janet. J'aimerais bien rester parler. Je vois bien que tu es perturbée, mais Arlene a des devoirs et je lui ai dit que je serais rentrée à neuf heures moins le quart.

– Je comprends, bien sûr, fait Anne.

– C'est pour moi, annonce Janet.

Elle pose trente dollars sur la table.

– Vas-y, dit Anne. Je crois que je vais rester boire un autre verre, histoire de me donner du courage avant de rentrer.

Anne fourre l'argent dans son sac à main.

Janet se penche par-dessus la table et embrasse Anne sur la joue. Anne tend les bras et la serre contre elle.

– Tu es sûre que ça va ?

– Ça va, dit Anne. Merci. Tu es vraiment une amie.

– Je t'appelle demain.

Janet se précipite dehors et, ne pensant qu'à vite rentrer chez elle, ne prête aucune attention à ce qui se passe autour d'elle.

La rue dans laquelle elle est garée est particulièrement sombre.

Elle marche rapidement ; elle n'entend pas les bruits de pas.

Quand elle sent qu'on tire sur son sac à main, elle réagit ; elle ramène son bras vers sa poitrine. Elle ne crie pas.

Son agresseur l'attrape par l'épaule et la fait tourner sur elle-même. Il a un couteau.

En voyant l'arme, elle comprend. Elle tend son sac à main, le présente à lui comme si elle lui offrait un cadeau.

Apparemment, il remarque le reflet de sa nouvelle bague sous le seul réverbère de la rue.

Reconnaissant un objet de valeur quand il en voit un, il se moque à présent de l'offre qu'elle lui fait.

Le couteau sur la gorge de Janet, il l'entraîne dans une ruelle sombre. Une fois à l'abri dans la pénombre, il tire violemment sur son doigt pour lui retirer sa bague.

– Non, je vous en prie, supplie Janet.

Elle serre le poing. Son agresseur essaie de lui faire desserrer les doigts. Janet résiste.

Il commence à lui frapper la main à coups de couteau.

Elle desserre les doigts à présent. Mais resserre déjà le poing. Il continue de lui taillader la main. Impossible de savoir si elle essaie de sauver sa bague ou si elle tente de réduire la surface que son assaillant peut atteindre.

Ça n'a aucune importance. Il est totalement submergé par son propre désir – désormais en plus de la bague, il y a le sang.

Janet le frappe au visage, ça n'a d'autre effet que de décupler sa folie furieuse.

Il expédie l'affaire à présent : il la cloue au sol ; il lui déplie la main ; il lui coupe le doigt puis ramasse rapidement le doigt bagué et le range dans la poche de son jean.

L'agresseur s'enfuit.

***

Janet retourne à toute vitesse au Joey's. Elle est étonnée de ne pas avoir plus mal.

Anne est encore là, à boire.

– Oh mon Dieu, elle lâche.

Janet ne dit quasiment rien.

Sur le chemin de l'hôpital, Janet insiste pour appeler Ricky. Elle n'a pas son portable parce que son agresseur lui a aussi volé son sac. Anne compose le numéro et lui tend son téléphone.

Janet dit à Ricky qu'elle va bien, et qu'elle est en route pour l'hôpital, mais c'est tout.

– Tu ne lui as rien dit, dit Anne.

– Laisse-moi tranquille, répond Janet.

Elle ne veut pas parler de ce qui s'est passé. Elle ne veut pas parler, ni raconter quoi que ce soit.

C'est seulement quand il arrive à l'Hôpital Presbytérien de Hollywood que Ricky apprend toute l'histoire, qu'elle a perdu et la bague et le doigt.

Cabrón

– Cabrón…

« Cabrón.

« Cabrón !

Jesse parlait de plus en plus fort.

Il faisait sombre et il n'y avait presque personne dans le bar.

José a jeté un coup d'œil à la ronde pour voir qui s'adressait à qui.

Jesse a essayé de se mettre sous une lumière pour être bien visible.

Après qu'il a eu dit « cabrón » pour la quatrième fois, cette fois en criant, José s'est approché de lui.

– C'est à moi que tu parles ?

– T'es qui toi, putain ? De Niro ? demande Jesse, goguenard.

– C'est moi que tu traites de « cabrón », connard ?

– Non, mec. Jamais je te traiterais de « cabrón ».

– C'est bien ce que je pensais.

José a fait demi-tour sur lui-même et s'est éloigné en marchant d'un pas victorieux.

Jesse avait un livre coincé sous le bras.

Il a repris la parole :

– … parce qu'en fait t'es un putain de pinche pendejo…

José s'est retourné et a dégainé un flingue.

– Vas-y, mec, a dit Jesse. T'as besoin de ça ? Viens dehors avec moi : mano a mano, ese.

José a brandi son arme. Mais son visage manquait de couleur.

– Abaisse ton arme, vato, a dit Jesse. Viens te battre avec moi dehors.

José continuait de brandir l'arme et Jesse continuait de le narguer.

– T'as pas besoin d'une arme, mec… Si, t'en as besoin ?

José hésitait, s'avançant vers Jesse puis reculant. En fin de compte, il a tiré au plafond et il a crié :

– Me fais pas chier, putain !

Les vigiles, armés eux aussi, sont arrivés et ont mis José à la porte, mais ils ne l'ont pas arrêté.

José a pris la direction de chez lui en traînant des pieds, les vigiles le conspuant alors qu'il s'éloignait.

Jesse est resté une heure et demie de plus, jusqu'à la fermeture.

Avec ses amis, ils se sont bien marrés.

Il a essayé de draguer Marisela, la plus belle fille du bar, mais elle l'a repoussé.

Une fois que le bar a fermé, Jesse est rentré directement. Il montait les escaliers devant chez lui quand des balles lui ont transpercé le torse.

À l'hôpital, les docteurs ont déclaré qu'il serait paralysé à vie des pieds jusqu'au cou.

Personne n'a jamais été arrêté pour ce crime.

La Californie du Centre

On s'est arrêtés à Delano mais on a évité de parler politique. Au lieu de quoi, on a discuté des Dodgers et des Giants.

On est restés dans une cabane avec un vieux pote qui travaillait dans les champs. Don a ramené une pute à la maison. Il fallait aller dehors pour pisser et elle n'aimait pas ça alors elle a pissé sur Don. Don s'en foutait, mais notre pote s'est énervé. Il a dit que sa femme dormait. On a dit qu'on ne savait pas qu'il était marié, mais il nous a quand même virés au milieu de la nuit. On a dormi dans la bagnole.

J'avais été syndicaliste à la conserverie de Stockton pendant douze ans. J'étais affilié aux Teamsters. Ça faisait six mois que j'étais au chômage. J'avais rencontré Don à Fresno en août, un jour où il faisait quarante-quatre degrés. Ça faisait trois mois qu'on voyageait ensemble.

Le lendemain on a roulé vers le sud. Les routes étaient grasses. On a vu un camion percuter la glissière centrale et se retourner.

Après, on s'est arrêtés boire une bière. On n'avait pas fait vingt bornes.

Dans le bar, il y avait des dizaines de chats et de chiens et quelques types, plus deux ou trois nanas maigrichonnes.

– Vous voulez pas prendre un chien ? a demandé une blonde décolorée avec des dents de lapin et des nibards pas trop mal.

– On est sur la route, j'ai dit.

Un grand type qui buvait une bière a forcé Don à prendre un chien noir et famélique sous la menace de son flingue. Don m'a dit plus tard qu'il se l'était tapé dans les toilettes des hommes. Que ça s'était passé tout seul – une simple petite pipe entre amis.

On a mis le chien dans la voiture, on est partis et on a traversé une tempête de sable.

À Bakersfield, on a fait un tour au carnaval. Rien de terrible sous la tente des monstres. Il y avait un mec avec trois bras, et alors ?

Les manèges étaient pas mal.

Don a essayé de draguer un mec tatoué qui avait une moustache. Le type tenait les montagnes russes. Don s'est pris un râteau mais le type est resté correct. Il a dit à Don de rien y voir de personnel. Mon pote Don a alors jeté son dévolu sur une rousse de soixante ans qui portait un débardeur. Il se l'est faite derrière le Palais du rire.

– Le cul, c'est le cul, disait Don.

Pendant ce temps, j'étais chaste comme un curé. Je n'avais pas baisé depuis qu'on avait quitté Portland.

Don a gagné un gros chien en lançant des anneaux de bois sur des quilles de bowling placées à deux-trois mètres. On a mis le nouveau chien dans la voiture avec l'ancien et le premier a réduit le deuxième en miettes. Le chien de la fête foraine avait de vrais os et de vraies dents. C'était un véritable animal, un saint-bernard empaillé par un taxidermiste du coin qui s'appelait le docteur Breaux. On a cherché dans l'annuaire. Il n'y avait qu'une personne à ce nom.

J'ai conduit à fond. Les lignes blanches qui séparaient la route clignotaient comme des lumières stroboscopiques. J'ai pris une autre gorgée de Southern Comfort.

Le docteur nous a servi le thé. Il se tenait debout derrière son œuvre. Il nous a donné un nouveau chien, un dogue allemand cette fois-ci. Notre chien lui a grogné dessus. On a donné notre chien au docteur. Un échange équitable. On est retournés à la voiture.

– Je veux voir Lucy, j'ai dit.

Don était d'accord.

On a pris la direction de Pacoima.

On s'est arrêtés pour prendre de l'essence à Lost Hills.

La voiture a failli nous claquer entre les doigts à Grapevine. Le dogue allemand s'est révélé utile. On a mangé au Stuckey's et au Denny's. C'était tout l'argent qu'on avait.

La route faisait des boucles dans la montagne comme les cheveux de Shirley Temple. J'aime bien les vieux films. Je parle de ce que j'aime à Don. Voilà le genre de trucs dont on discute.

À l'aube, on a fait un tour de caisse autour de la décharge de Tom Bradley. L'endroit n'était pas encore ouvert. Il y avait un gars assis sur un tas d'ordures. Il ressemblait à Bouddha. Bien sûr qu'il lui ressemblait – assis en tailleur et tout. Don a dit que c'était Bouddha. Lucy a rigolé. Elle a dit qu'on pouvait rester chez elle ou l'emmener dans un Motel 6. Son frère était à la maison.

Le lendemain Don et moi, on a repris la direction du nord – rien que nous deux, deux potes sur la route de Delano.

Une bonne nouvelle : ça faisait plus d'une semaine qu'on n'avait pas vu un flic.

Un camion a eu un accident à l'endroit où la 95 et la 5 se séparent. Le véhicule était chargé de poulets. Ils s'étaient tous échappés. Apparemment indemnes. C'était reparti pour un tour. Exactement comme avant. Il allait encore se passer six mois avant que je redescende voir Lucy.

Envie de sang

J'avais vraiment envie de tuer quelqu'un, mais je ne voulais pas faire de taule. Il a fallu que j'élabore un plan. Ça devait être de la légitime défense. J'ai réfléchi à mes options.

Pour cacher un flingue, j'avais besoin d'un manteau. Il ne faisait pas assez froid – en particulier à Los Angeles. Il aurait fallu que j'attende l'hiver. Je ne pouvais pas attendre aussi longtemps. Et, en plus, le port d'une arme dissimulée est un délit grave – quelles que soient les circonstances. Je n'arrivais pas à imaginer quelle situation aurait pu le justifier.

Il était hors de question que je me serve d'une lame ou d'une matraque. Trop salissant d'une part, et aussi trop dangereux. Je suis petit, un mètre soixante-cinq, et maigre. Empoisonner quelqu'un ? Non. Trop froid. Trop british. Je ne suis pas fan d'Agatha Christie. Il fallait que ça soit un minimum viscéral. Mais rendre ça viscéral quand on pèse soixante kilos ? Nan, faut pas déconner.

Un soir où je me promenais pas loin du Sunset, près d'Echo Park, j'ai entrevu un début de réponse. Une école d'arts martiaux.

– Vous apprenez comment tuer quelqu'un à mains nues ? j'ai demandé.

– Oui, m'a assuré le professeur. Mais surtout, on vous apprend comment ne pas avoir à le faire.

– Bien entendu, j'ai répondu.

J'ai su que c'était le bon endroit.

Je suis très rapidement devenu excellent. Ceinture jaune, ceinture marron puis noire. En soixante jours. C'était inné chez moi, disait le prof. Bien sûr, je ne lui ai pas dit que j'avais appris les bases à l'armée. Mon passé était secret ; je vivais grâce à ma pension. Je faisais ça dix heures par jour. Sept jours par semaine. Quand l'école était fermée le dimanche, je m'entraînais chez moi.

Bon. J'étais devenu un expert. Une ceinture noire, plusieurs *dan*. Ça devait largement faire l'affaire. Mais comment s'y prendre ? Je ne pouvais pas sortir dans la rue et frapper un type sur la nuque pendant ma promenade. J'en avais encore envie. Toutes ces heures de méditation n'avaient pas émoussé mon envie de sang.

C'est alors que j'ai eu une idée géniale. J'ai acheté un fauteuil roulant. J'ai simulé un accident. Je me suis directement rendu dans un quartier réputé pour son fort taux de criminalité. J'avais carrément le choix. J'ai porté mon dévolu sur Pico-Union. Il était un peu plus de deux heures du matin. Les bars se vidaient. Les gens chahutaient. Il y avait toutes les chances pour que je me fasse accoster. J'allais trouver des raisons de me justifier.

Le premier soir, il ne s'est rien passé. Deux Salvadoriens m'ont donné des pièces. Ils ont cru que j'étais SDF.

Le lendemain, je suis allé à Compton. Je ne savais pas trop où aller et je me suis retrouvé assis au milieu d'entrepôts. Je n'ai pas vu âme qui vive. J'ai dû prendre un taxi pour rentrer. Je n'ai pas trouvé d'arrêt de bus. Je ne prenais pas ma voiture. Si on retrouvait mon véhicule à proximité du lieu du crime, ça soulèverait quelques questions qui porteraient atteinte à ma crédibilité.

J'avais toujours prévu de dire que je m'étais perdu dans les transports en commun. Que je prenais le bus parce que je ne pouvais pas conduire. Que je ne pouvais pas conduire à cause de ma blessure. Voilà comment ça devait se dérouler.

Le troisième soir, je suis allé à Boyle Heights. Rien. J'étais frustré par mon incapacité à attirer les emmerdes. Ça faisait dix ans que les journaux nous rebattaient les oreilles avec leurs histoires de meurtres. Je n'arrivais même pas à provoquer une simple agression.

Le quatrième soir, j'ai décidé de prendre ma soirée. Je suis allé me faire une toile. À Beverly Hills. Une projection spéciale. Un film français. Godard. Nan, pas *À bout de souffle*. Je continuais à prendre le bus. Je ne voulais pas changer ma routine.

Après la séance, j'ai sorti mon portefeuille. Ce n'était pas prémédité, je le jure. J'avais été assis dessus toute la soirée, et le film étant plutôt long, comme le sont les films européens, ça avait été assez inconfortable. C'était ma seule motivation. Évidemment, on m'a sauté dessus par-derrière. Instinctivement, j'ai bondi de mon fauteuil roulant et j'ai commencé à défoncer le type. Il n'a jamais su ce qui l'avait frappé. En deux mouvements, je lui avais cassé le cou. À la quatrième prise, je lui faisais passer le nez au travers du cerveau et il en crevait net. Pas dans l'ambulance sur le chemin de l'hôpital. Pas aux urgences. Mais là, sur place. Pas besoin d'un médecin ou d'un type du SAMU pour confirmer que le gars était mort.

Le truc pourri, c'est que pendant la procédure judiciaire, au cours de laquelle j'ai été rapidement disculpé, l'histoire du type a été rendue publique. C'était carrément *Les Misérables* – j'ai jamais vu la pièce quand ils la jouaient à L.A. Enfin, vous voyez l'histoire : le type est envoyé en prison pour avoir volé du pain. Eh bien, accrochez-vous bien, le type que j'ai tué, il essayait de rassembler de l'argent pour que son petit frère puisse se faire opérer. Ou peut-être que l'opération, c'était pour sa mère, en tout cas, c'était pour un proche parent ; je ne me rappelle plus bien des détails. Mais vous voyez où je veux en venir. C'était pas un salaud d'assassin, mais un cas désespéré. Une histoire triste à pleurer.

Quoi qu'il en soit, ils m'ont bien entendu laissé partir. Une agression étant une agression. C'est lui qui avait commencé. Même si c'était pour une bonne cause, pour ainsi dire. Un médecin a témoigné en ma faveur. Les avocats du gars ont demandé – je pense que c'était une question sensée – si j'étais aussi handicapé que ça, comment ça se faisait que j'avais pu bondir de mon fauteuil pour porter les coups meurtriers ? Mon médecin m'a brillamment comparé à ces vieilles femmes qui arrivent à soulever des voitures quand une personne qui leur est chère se retrouve coincée dessous. Vous voyez le truc, l'adrénaline qui monte et qui vous donne une force surhumaine dans des conditions extrêmes. Il a continué sur le sujet un bon moment en donnant pas mal de détails. Il était super convaincant. Dans la salle d'audience, j'acquiesçais en hochant vigoureusement la tête, oubliant pratiquement que c'était de moi dont il parlait.

Ça fait cinq ans. J'ai pensé à faire mes aveux. Mais à quoi bon ? Ça ne ferait pas revenir le type. C'est ce qu'on dit toujours dans ces cas-là. Et ce n'est pas faux. Mais depuis, je fais quelque chose de positif. Contre mauvaise fortune bon cœur, en quelque sorte. J'apporte ma contribution à la société. J'ai fondé un groupe qui s'appelle les « Tueurs en Légitime Défense Anonymes ». Ouais, je sais, faut qu'on trouve un meilleur nom. Aujourd'hui, le groupe de L.A. compte à lui seul près de deux cents membres. Et nous avons des groupes opérationnels dans dix grandes métropoles du pays. J'ai aussi entendu dire que les Japonais étaient super intéressés par notre concept. Les groupes sont géniaux. Vraiment. On a ce bijoutier qui travaille sur Doheny. Il a descendu six mecs – au cours de six incidents distincts. Il y a quelques complices qui en ont réchappé, mais jamais les auteurs des braquages. Tous les six, raides morts. Le type raconte son histoire au moins une réunion sur deux. Les gens ne se lassent pas de l'entendre. Y a pas mieux, et on l'aime tous. Il pleure toujours aux bons moments, mais si vous regardez bien attentivement – et il faut bien l'avoir vu huit, dix fois pour le déceler – vous pouvez apercevoir un léger sourire quand il esquisse la fin de son récit.

Dose

Nous n'avons ni le temps, ni l'argent. Aucun d'entre nous. Il y a environ cinq ans, j'ai foutu ma vie en l'air (femme, enfants, boulot) et j'essaie de faire comme si ça n'avait aucune importance – ça et tout le reste. Le problème c'est que devenir sentimental me rend violent. Ça a toujours été comme ça. Et ça m'arrive souvent. Genre, presque tous les jours. Avec ma famille, mes amis ou des inconnus. Dans mon domaine, c'est en étant violent que je survis, mais j'essaye quand même de ne pas laisser les choses partir en vrille, parce que je me connais. En ce moment, j'essaye simplement de me détendre et de gérer mes affaires sans faire d'histoires.

Là, elle veut du crack ; moi, je veux me faire sucer. Y a rien d'autre qui compte. Je n'ai jamais vu cette femme avant aujourd'hui, mais elle s'accroupit devant moi et je sors ma queue et je la lui fourre dans la bouche et son fils de deux ans est debout derrière elle et il lui tire les cheveux en répétant « Maman » sans arrêt, et son appartement est dégueulasse, et je n'arrive pas à bander, mais pas à cause du môme ni de la crasse, et quand je retire ma bite de sa bouche, je lui colle la pipe de crack entre les lèvres, elle me regarde et sourit en saisissant la pipe à pleines mains, et ses mains sont la plus belle chose qu'il y ait dans cette pièce, ses ongles sont sales, mais longs et élégants en dépit de tout – ses ongles doivent être naturellement forts pour tenir à cette longueur – alors je repousse sa tête en arrière et place ses mains sur ma bite et elle la caresse et je me mets à bander et son fils lui tire les cheveux, mais elle n'a pas l'air de s'en rendre compte, alors je ferme les yeux pour ne pas voir tous les trucs cassés et ses longs ongles irréguliers accrochent ma peau de temps en temps, et je grimace de douleur, mais j'aime ça, du coup je bande encore plus et puis je jouis dans sa main. Je suis content, alors je lui donne deux-trois cailloux et je tapote la tête de son fils, et je lui donne cinq dollars bien qu'il ne soit pas assez grand pour savoir ce que c'est, mais on s'en fout, et sa mère est toujours à genoux devant moi, je lui caresse la joue, et il faut que j'y aille, alors je remonte ma braguette et je prends la porte, et je dis, « À demain ».

Dealer de baskets

J'ai commencé à ne plus aimer mon boulot. Vendre des baskets. Volées. Au début, je les tirais dans des magasins, une paire par-ci une paire par-là – c'était un revenu complémentaire, si vous voulez. Puis je me suis fait un ami à la gare de triage. Il en avait par palettes entières. Je devais partager mes bénéfices avec lui, mais en terme de revenus, c'était largement compensé par la quantité écoulée. Mon pourcentage était moindre, bien sûr, mais 100 % de vingt ou trente dollars, ça n'a jamais fait grand-chose. Au sommet de notre carrière, on atteignait les trois mille dollars par semaine. Quand Reggie s'est fait gauler en train de décharger un wagon de marchandises, j'ai perdu mon fournisseur.

Pendant ce temps-là, j'avais dégoté une petite amie qui me coûtait cher. Elle s'appelait Merry. Elle ne voulait pas simplement un sac à main ; elle voulait un Prada. Elle ne voulait pas simplement des chaussures à talons ; elle voulait des Manolo Blahnik. J'avais aucune idée de ce qu'étaient ces choses-là jusqu'à ce que je consulte mes relevés de compte. Merry était bonne au pieu, et elle était tellement belle que tous mes potes étaient jaloux. Je ne pouvais pas la perdre.

Je me suis donc mis à aller dans les quartiers chics pour dépouiller les gosses de bourges. Je n'ai jamais eu à faire usage de la force. Tous ces sales morveux, même les joueurs de foot, déclaraient forfait sans même se battre. Au début je ne prenais que leurs godasses. Après tout, je travaillais dans la chaussure ; c'était le seul boulot que je connaissais. Puis je me suis dit que si quelqu'un était prêt à abandonner une paire d'Air Jordan à cent cinquante dollars sans rechigner, c'est qu'il ne devait pas trop avoir à s'en faire. Quoi qu'il en soit, je me suis mis à leur demander leur portefeuille. À ma grande surprise, ces gamins avaient aussi pas mal de liquide sur eux. Quand la police de ces paisibles faubourgs – Monrovia, La Cañada, des endroits comme ça – se mettait à augmenter le nombre de leurs patrouilles, je changeais de quartier. L.A. est une grande ville.

Les affaires marchaient bien mais Merry était tellement exigeante que j'ai dû développer mon bizness. J'ai commencé par embaucher des gars et les former à l'agression. J'ai rapidement eu une dizaine de voleurs performants, rompus dans l'art de la menace efficace et non-violente. Je les envoyais au nord et au sud – Lompoc, Solvang, Carlsbad, La Jolla.

Même si je lui achetais de plus en plus de trucs, Merry a fini par me larguer pour un agent immobilier de Malibu. Elle m'a dit qu'elle n'avait rien contre moi, ni contre mon bizness en plein essor. C'est juste que je passais trop de temps au boulot et pas assez avec elle. Je n'étais pas triste. Y avait plein d'autres meufs, mais ça me manquait quand même d'être en couple, de rentrer chez moi le soir et de la retrouver autour d'un martini ou d'un verre de chardonnay, de jouer au couple marié.

Ça faisait neuf mois que l'opération tournait à plein régime quand il y a eu un incident. Arnie, un chouette gosse, vraiment, un employé parmi les plus prometteurs, s'est retrouvé face à un client coriace. Il a respecté nos pratiques commerciales à la lettre. Il ne s'est pas battu. Au lieu de quoi il s'est fait défoncer la gueule par un joueur de football américain de Montecito.

Arnie s'en est bien tiré, et je lui ai donné dix mille dollars en guise d'indemnités, mais pour moi, ça a été dur. Plus dur que pour lui, du point de vue psychologique en tout cas. Au bout de deux semaines, il était de retour dans la rue. Il m'a dit qu'il avait eu la trouille au cours des deux ou trois premières missions. Puis ça s'était calmé et il avait retrouvé ses marques. Entretemps, j'étais devenu insomniaque.

Un conflit interne s'était développé au sein de l'entreprise. J'avais dû nommer quelqu'un comme bras droit, et j'avais choisi Ralph. Mauvaise pioche. Ralph voulait qu'on s'étende vers Gardena, Santa Fe Springs, des endroits comme ça. J'avais peur qu'on se fasse défoncer. J'avais raison. Au bout d'une semaine, deux de nos gars se sont fait poignarder. En plus, je m'étais juré de ne jamais voler quelque chose à quelqu'un qui avait dû travailler pour se l'acheter. Ne rien prendre aux gosses de pauvres, ni à ceux des classes moyennes. Juste aux gosses de riches.

J'aurais pu m'occuper de Ralph si j'avais voulu, et je ne dis pas ça pour me vanter. Ce gars-là, c'était que de l'esbroufe. Beaucoup de bruit pour rien. Mais j'ai hésité – pas seulement avec Ralph, mais avec toute l'affaire. Je ne suis pas sûr de savoir pourquoi, même maintenant. Mais j'ai su que je n'étais plus dedans. J'avais tout perdu, la volonté, le courage et la motivation.

Ralph en a profité pour asseoir rapidement sa position. Le chiffre d'affaires a augmenté. On faisait plus de pertes, mais le volume compensait ce problème. J'ai démissionné sans opposer de résistance.

À peu près un mois plus tard, je grimpais dans ma bagnole après m'être arrêté à la supérette de Barrington. (Oui, je vivais à Brentwood ; il me restait encore une coquette somme d'argent que j'avais mise de côté quand j'étais le boss.) Au moment où j'allais fermer ma porte, un jeune m'a accosté, il ne devait pas avoir plus de dix-huit ans, il portait un uniforme orange et vert ; on aurait dit un agent d'entretien, un concierge ou un livreur. Peut-être le type qui recharge les fontaines d'eau. Il avait un flingue. On n'avait jamais utilisé d'armes.

– Passe-moi ton fric et tes pompes, il a dit.

J'ai retiré mes British Knights et les lui ai données. Il les a regardées avec mépris, mais les a quand même glissées dans son sac.

– Allez, allez, il a dit. Magne-toi.

Il n'a pas dit « S'il te plaît » mais d'un autre côté, il ne m'a pas insulté non plus.

Je lui ai donné mon portefeuille.

Il a sorti l'argent, presque mille dollars – je ne sais pas pourquoi je trimbalais autant de fric sur moi – et m'a rendu mon portefeuille avec mes cartes de crédit, etc., bien rangées au chaud à l'intérieur. Ils avaient gardé une bonne mentalité.

Alors qu'il se retournait pour s'en aller, je lui ai lancé :

– Passe le bonjour à Ralph, je lui ai dit avec nonchalance, certain que ça allait le secouer.

– Ralph ? il a demandé en toute sincérité. C'est qui, Ralph ?

Chapeaux

Elle portait un chapeau qu'il aimait beaucoup, alors il le lui a retiré de la tête pour le mettre sur la sienne. Elle a protesté, en vain. Il s'est enfui avec le couvre-chef et ça lui a fait de la peine, mais immédiatement, elle s'est jetée sur ses tiroirs pour lui rendre la pareille, en enfilant une de ses chemises préférées, qu'elle ne pouvait essentiellement porter qu'en robe, et même si elle n'était pas sûre de pouvoir la porter en public, elle l'a quand même mise pour sortir, faisant par là même preuve d'une grande audace.

Tous ses amis lui disaient que la robe lui allait bien, que J. Crew, Banana Republic et tous les autres magasins chics de Pasadena vendaient sans arrêt des robes-chemises et que celle-là n'avait rien à leur envier ; en plus, ils affirmaient comprendre sa profonde douleur, son sentiment de perte.

Elle portait la robe-chemise tous les jours sans oser la retirer, ne serait-ce que pour la laver, de peur qu'il la reprenne ; et, parce qu'elle n'aimait ni l'odeur qu'elle commençait à dégager, ni les taches qui semblaient s'accumuler, elle s'est mise à la laver alors qu'elle l'avait encore sur elle, finissant par prendre une douche tout habillée et s'asseyant au soleil pour se sécher. Cela nécessitait qu'elle se lève extrêmement tôt le matin car le procédé était interminable. Pendant très longtemps, elle n'a vu ni son homme ni le chapeau qu'ils avaient tous deux tant aimé, alors imaginez un peu sa surprise quand au bout de 143 jours dans sa robe-chemise, la police a fait irruption sur son lieu de travail avec un mandat d'arrêt pour le vol de la chemise et qu'elle a voulu déposer une plainte à son tour pour la disparition de son chapeau et que la police lui a répondu qu'il n'y avait aucune preuve de l'existence d'un tel chapeau alors qu'il n'y avait en revanche aucun doute sur celle de la chemise puisqu'elle la portait en ce moment-même et qu'elle était facilement reconnaissable, le nom de l'homme ayant été brodé à l'intérieur du col et son monogramme sur la manche, à sa propre suggestion a-t-elle fait remarquer, alors qu'elle était escortée jusqu'à la voiture de police qui l'attendait.

Là où je suis

J'étais censé l'abattre, mais je me suis dégonflé. C'était devenu nuageux alors que je m'attendais à ce que ce soit dégagé. Je veux dire, dehors. Là, je suis en Floride, ou plutôt, c'est là que je suis censé me trouver.

J'écoute Steve Miller, et ce depuis les années 70, et puis l'autre jour ce type se ramène – un gars que je connais à peine – et il me dit que je devrais écouter autre chose ; que c'est les années 90. Le lendemain, j'ai acheté des CD de groupes récents – Guns N' Roses, The Smiths, Nirvana – mais je ne sais pas trop. Je me passe encore *Space Cowboy.*

Je n'ai plus de crackers et j'ai faim.

Je ne vais pas être payé ; j'en suis sûr.

Elle est belle et blonde, elle est assise à côté de moi, se fait les ongles des pieds.

– Vous attendez le vol pour Miami ? je demande.

– Oui, elle répond poliment, sans quitter ses ongles des yeux.

Son vernis est orange fluo. Je lui dis que j'aime bien la couleur et elle me demande de souffler dessus pour que ça sèche pendant qu'elle se fait l'autre pied. Elle est pressée et veut finir ses ongles avant d'embarquer dans l'avion, alors je le fais. Me voilà en train de bander. Mes lèvres sont tout près de son pied. Quand ils appellent les passagers, elle s'en va. Pas moi. Je lui fais un signe de la main, sans conviction me semble-t-il.

J'ai 37 ans, je mesure un mètre quatre-vingt-huit et j'ai les cheveux châtain foncé. Je n'ai jamais eu un emploi stable de ma vie et je vis à Torrance en Californie depuis que j'ai treize ans. J'ai eu deux femmes et environ six relations stables – c'est tout – je ne cours pas après les coups d'un soir.

Mon appartement à Torrance est très bien rangé. Je le tiens propre et chaque chose est à sa place. J'ai la collection complète de la revue *National Geographic* depuis 1971. Chaque recueil, chaque numéro.

Je ne peux pas retourner dans mon appartement. Je ne peux pas rentrer en Californie. J'en suis sûr.

Je n'ai jamais enfreint la loi. C'était, dès le début, une idée stupide. J'ai le numéro de téléphone de la blonde, mais je le jette, là, dans l'aéroport. Ça ne rime à rien. Plus maintenant.

Pour je ne sais quelle raison, je me mets à penser au début de la *Guerre des Gaules* de César : « Toute la Gaule est divisée en trois parties. » Je l'ai appris en latin au lycée, « Omnia Gallia en tres partes divisa est. » Je ne l'ai jamais oublié. Par contre, je ne me souviens d'aucun précepte ou adage, bien que j'aie dû en apprendre en cours de route.

À l'heure actuelle, je suis à l'aéroport d'Atlanta et je réfléchis à ce que je vais faire après, pensif, les yeux fixés au plafond.

C'est maintenant que ça se passe. Demain n'existe pas. Les avions vont et viennent. Je reste là où je suis.

Ce que je déteste dans le gouvernement

Il y a ces mauvaises herbes, tu vois, à deux pas de la sortie d'autoroute près de mon appartement. Sur une grande colline où la bretelle d'autoroute arrive, là où les prisonniers ramassent des fois les détritus et les mettent dans des grands sacs orange.

J'ai vachement d'allergies, mais le gouvernement s'en fout. J'appelle sans arrêt. Ils ne s'occupent pas de ces putain de mauvaises herbes.

Quand j'étais planqué dans la banque – les voitures de police entouraient le bâtiment – je les ai menacés de me frayer un chemin à coups de revolver. Ça a été dur de les convaincre que je ne voulais pas d'argent.

DEUXIÈME PARTIE

Vies parallèles : La téléréalité selon Plutarque

« … les plus hauts et les plus glorieux exploits ne sont pas toujours ceux qui montrent mieux le vice ou la vertu de l'homme ; mais bien souvent une légère chose, une parole ou un jeu, mettent plus clairement en évidence le naturel des personnes… »

Plutarque, *Vie d'Alexandre le Grand*
(trad. Jacques Amyot)

1a. Maquillage

Elle se tenait devant le miroir et se maquillait. Je suis arrivé par-derrière. Elle m'a vu, mais elle n'a pas vu le couteau que j'avais à la main. Bon, en même temps, je n'ai jamais vu le pistolet qu'elle gardait dans son tiroir, juste à côté du rouge à lèvres, du fard à paupières et des flacons de vernis à ongles.

1b. Satisfaire sa dépendance

Sur la scène du Starlight, Amber se shoote pendant qu'elle se déshabille. Elle n'a, comme on dit, que la peau sur les os. Ses nichons inexistants se terminent par deux tétons percés. Ses cheveux courts sont décolorés au-delà du blond et leurs racines sont noires. Ses cuisses sont aussi épaisses que des dents de fourchette. Les mecs l'adorent. Ils glissent des billets, parfois de dix ou de vingt dollars, sous le garrot qu'elle attache à son bras. Ils applaudissent comme des fous quand elle se pique. Ils soupirent et s'effondrent dans leur siège quand sa chanson s'arrête et qu'elle doit quitter la scène.

2a. Histoire de flics : les ours en peluche

C'était près de Pershing Square. Deux jours avant Noël. Le projet de loi 187 venait d'être voté en Californie, apportant avec lui son lot d'emmerdes quotidiennes pour un tas d'immigrés innocents. Le type vendait des ours en peluche géants, pas chers, qu'il rembourrait avec des journaux – il essayait simplement de gagner sa vie.

J'étais allé chercher un truc (qui sait ce que ça pouvait bien être ?) dans une pharmacie qui appartenait à une chaîne quelconque, un Thrifty ou un Sav-On.

Les flics ont débarqué comme dans un épisode de *Badge 714* – dans un mélange de voitures banalisées et de voitures noir et blanc. J'ai cru que le gars avait caché de la drogue dans ses animaux en peluche. Pas du tout. Ils l'arrêtaient parce qu'il vendait dans la rue sans avoir de patente.

2b. Suite pour SDF : le Nevada

Il se tenait devant le Desert Inn. Je lui ai donné un dollar. Il est entré et l'a donné à avaler à une machine à sous. J'ai attendu pour voir. Il a joué sur la machine la plus proche de la porte. Il a perdu. En moins d'une minute, il est ressorti et il faisait à nouveau la manche. Deux ou trois personnes, dont les tenues vestimentaires allaient du classe au BCBG, l'ont envoyé promener. J'étais à quelques mètres de là. Je l'ai rejoint. Il m'a reconnu, il a fait un pas en arrière et a failli tomber. Je l'ai rattrapé dans sa chute, le retenant par le bras. Au toucher, j'ai senti que sa chemise était en pure soie, ça ne faisait aucun doute. Mais bon, qu'est-ce que vous voulez ? Je lui ai donné les dix dollars que je tenais dans mon autre main.

3a. Casque bleu

La bonne sœur nous regardait tous les deux.

Elle avait été envoyée par un organisme d'aide humanitaire international.

Il faisait froid, beaucoup plus froid que les températures auxquelles j'étais habitué. J'avais longtemps vécu en Californie, à Los Angeles.

J'étais casque bleu.

L'autre prisonnier était l'ennemi de notre ravisseur.

J'étais neutre. La bonne sœur était là pour empêcher les atrocités. Notre ravisseur ne se souciait pas de la sœur.

Il m'a donné un couteau.

Il a montré son ennemi du doigt puis il m'a regardé.

– Toi, le casque bleu, poignarde-le maintenant ou je vous descends tous les deux, il a dit.

J'ai refusé.

Le ravisseur a haussé les épaules.

Il a fait la même proposition à son ennemi, à savoir qu'il devait me tuer sans quoi nous allions tous les deux mourir. Bien que nous ne nous soyons jamais parlé, l'autre homme, l'ennemi de notre ravisseur, a lui aussi refusé.

Notre ravisseur a alors tiré sur la religieuse.

– Tu n'avais rien dit à propos de la sœur, a dit l'ennemi de notre ravisseur.

Le ravisseur lui a alors tiré dessus.

J'ai serré les fesses.

– Allez, maintiens la paix maintenant, a dit le ravisseur puis il s'en est allé, me laissant seul avec les corps de son ennemi et de la sœur.

Je me suis assis par terre et j'ai frissonné dans le froid en compagnie des deux cadavres.

3b. Le patriote

Ils avaient prévu de le faire depuis longtemps et Brian savait depuis le début que ce qu'ils allaient faire était juste.

Quand le jour est arrivé, le ciel était couvert, ce qui était étrange à cette période de l'année. Au dîner, Brian était tendu. La famille a parlé du temps qu'il faisait puis le ridicule de la conversation les a fait rire, compte tenu de ce qui se préparait. À table, les discussions très animées tournaient habituellement autour de sujets d'actualité.

***

La bombe était cachée dans un panier à linge. Ils poussaient un chariot chargé de linge sale dans les sous-sols du ministère. Personne ne les regardait. Il ne leur restait plus qu'à régler la minuterie. Ils pourraient alors sortir du bâtiment pour le voir sauter. Lire leurs exploits dans les journaux du lendemain.

Brian a plongé les mains dans les vêtements pour régler la minuterie. Il a farfouillé sous l'amas de linge sale.

– Qu'est-ce qu'il y a ? a demandé James. Tout va bien ?

– Oui, oui, a répondu Brian. Tout va bien.

Ils ont enlevé leur uniforme volé alors qu'ils se dirigeaient vers la porte de sortie.

James ne tenait plus en place.

Il a dit :

– Ça y est, c'est fait. On défend la cause maintenant.

Il a ajouté en frappant Brian dans le dos :

– Allez viens, je te paie une bière. On l'a bien mérité.

Ils sont sortis du bâtiment ciblé et ont pris la direction d'un bistrot du quartier.

Brian avait la bombe enfoncée dans son pantalon et la minuterie continuait son compte à rebours. Il la sentait vibrer contre son entrejambe, encore neuf minutes. Dans la rue déserte, il marchait lentement aux côtés de James.

4a. Foire à l'adoption

Ils sont allés chercher les enfants du foyer d'accueil et ils les ont installés sur des stands dans le parc.

Les adultes tournaient en rond autour des enfants et les regardaient.

Il faisait gris, mais chaud – un début octobre à Los Angeles. Les responsables avaient demandé aux enfants d'amener des K-Way et des parapluies, au cas où.

Les enfants, des garçons pour la plupart, étaient noirs ou latinos ; les visiteurs, presque tous blancs.

Susan et Al étaient allés chercher un chiot à la fourrière la veille. Ils l'avaient amené avec eux à la foire à l'adoption.

Susan portait le petit chien dans ses bras. Elle lui avait passé un chandail vert clair et elle l'avait emmailloté dans des couvertures.

Ils étaient le seul couple à avoir amené un chien et les enfants l'adoraient.

Daryl avait eu un chien quand il vivait avec ses parents. Mais ses parents avaient commencé à se droguer et avaient divorcé, pourtant ils avaient continué à se battre car ils ne pouvaient pas vivre l'un sans l'autre, alors la police et les Services de la protection de l'enfance étaient venus chez eux et ils avaient mis son père et sa mère en prison. Daryl, son frère et leur chien avaient été séparés et accueillis dans des endroits éloignés et Daryl, qui avait cinq ans à l'époque et qui à présent en avait huit, ne les avait jamais revus depuis tout ce temps, même s'ils lui avaient toujours dit qu'ils essayeraient de réunir sa famille.

Susan amenait le chien de stand en stand et les enfants jouaient avec, et Susan posait des questions au personnel, ainsi qu'à quelques enfants, tandis qu'Al restait relativement silencieux, même s'il voulait lui aussi adopter un enfant.

Quand ils sont arrivés au stand de Daryl, il était le neuvième enfant qu'ils voyaient et il a eu, plus que tous les autres, un véritable coup de cœur pour le chien.

Le sentiment était réciproque et le chien a sauté des bras de Susan à ceux de Daryl, puis il lui a léché le visage et Daryl a rigolé.

Susan a donné un petit coup de coude à Al et Al a demandé son nom à Daryl – ils n'avaient pas demandé aux autres enfants comment ils s'appelaient, bien qu'ils aient tous porté des étiquettes avec leur nom – et Daryl a répondu : « Daryl. »

La responsable qui s'occupait de Daryl a souri et hoché la tête, pleine d'espoir.

Daryl, Susan et Al ont parlé pendant un long moment, et pendant tout ce temps – peut-être une demi-heure – Daryl a tenu le chien dans ses bras, puis la foire à l'adoption s'est terminée.

– Tu es d'accord ? a dit Susan à Al et il a su ce qu'elle voulait dire, sans que personne d'autre ne comprenne.

Susan s'est retournée vers la responsable.

– Il peut garder le chien ? elle a demandé.

Daryl s'est dressé sur la pointe des pieds.

La responsable a répondu – sur un ton cordial mais clinique – comme si elle avait répété cette phrase à l'avance, alors que ce n'était pas le cas :

– Les animaux domestiques ne sont pas autorisés dans l'enceinte du foyer d'accueil.

– Oh, a lâché Susan.

– Voici ma carte, a dit la responsable. Si vous voulez donner suite.

– Oh, oui. Merci.

Elle a pris la carte.

Les participants de la foire sont tous rentrés chez eux et les enfants sont retournés au même endroit que d'habitude.

Susan et Al n'ont jamais rappelé.

4b. Vietnam : l'expulsion

J'avais mené la grève des loyers qui avait eu lieu dans leur immeuble délabré. Trente-deux appartements dans un état honteux.

Mme Roberts était leur porte-parole.

Son mari avait combattu au Vietnam et puis, comme tant d'autres, était devenu fou.

Elle a pris ses quatre enfants avec elle et a emménagé dans un appartement miteux.

Il y avait des rats et des cafards, puis le chauffage s'est arrêté, et c'était l'hiver à Boston, après quoi je suis arrivé et les locataires se sont mis en grève.

Je me souviens d'avoir discuté avec Mme Roberts dans son salon et de parler des droits des locataires et de l'état du monde.

Mme Roberts voyait un certain rapport entre le fait que son mari soit devenu dingue au Vietnam et que la plupart de ses nouveaux voisins soient vietnamiens.

Elle avait quarante ans, était belle et séduisante, même si ses dents étaient dans un sale état et qu'elle se rongeait les ongles.

Elle parlait beaucoup du Vietnam et de ses voisins.

Je m'en rappelle très bien. Elle ne prononçait jamais le N de vietnamien – « Viet-tamien ».

Quand elle a reçu son avis d'expulsion, elle n'a pas cédé, elle n'est pas partie.

En fin de compte, le propriétaire a envoyé des gros bras accompagnés par les huissiers.

Alors qu'ils sortaient les meubles de son appartement pour les mettre dans la rue, Mme Roberts protestait en criant, mais sans jamais perdre son calme.

Sa plus jeune fille avait deux ans à l'époque.

Quand – pour finir – ils ont sorti le berceau de son bébé sur le trottoir, elle a pété les plombs.

L'huissier a essayé de la maîtriser.

– Calmez-vous, il disait. Madame, calmez-vous.

J'avais été là tout du long.

J'ai alors pris la parole.

– Hé, mon pote. Si on mettait le berceau de ton gosse à la rue, tu resterais calme ?

Il a lâché Mme Roberts.

Quand tous les représentants de l'ordre sont partis, je suis resté dans la rue avec elle et ses enfants, je me sentais tout chose.

J'ai passé deux-trois coups de fil.

Au bout de quelques minutes, les employés d'un centre d'hébergement pour les familles sont venus les chercher.

Je suis resté une heure ou deux avec leurs meubles. Évidemment, personne n'est venu les chercher. Je ne savais pas quoi faire. Le soleil s'est couché, alors je suis rentré chez moi.

5a. Le Staples Center

Pendant la saison des pluies et du froid – janvier et février à Los Angeles – Carlos se glissait dans une benne à ordures derrière la résidence Las Manzanitas pour y dormir.

Il allait habituellement se coucher aux alentours de minuit, retournant vers le calme relatif de Francisquito Way après une soirée alcoolisée avec ses amis sur les bords du fleuve Los Angeles.

Les locataires de la résidence appréciaient Carlos. Quand ils descendaient leurs ordures le matin, ils frappaient toujours et ils frappaient doucement pour ne pas le déranger, puis ils attendaient qu'il sorte pour discuter avec lui, et il les aidait à jeter leurs sacs dans la benne et ensemble, ils nettoyaient le parking, les parties communes et les jardins autour de leur immeuble. Ils se parlaient en espagnol ou en anglais, et après la routine matinale, Carlos continuait son chemin et se rendait à la mission locale pour un repas.

Le camion de l'entreprise de collecte passait une fois par semaine, le jeudi, pour vider l'immense réceptacle dans lequel Carlos dormait. Ils venaient très tôt, à six heures du matin. Carlos n'était pas un lève-tôt. Les locataires le tenaient au courant des horaires de collecte et ils prévenaient les conducteurs que Carlos était à l'intérieur de la benne pour qu'ils puissent le réveiller avant d'en vider le contenu dans leur camion.

Ça a marché pendant un temps.

Bien vite cependant, des bulldozers sont apparus tout autour de la résidence Las Manzanitas et ils ont commencé à raser immeuble après immeuble jusqu'à ce que le bâtiment se retrouve pratiquement seul, entouré de terrains nivelés et de décombres – de la poussière s'élevant sans arrêt dans les airs, au gré des mouvements des engins de travaux.

Peu après l'arrivée des équipes de démolition et de construction, les locataires ont reçu leur avis d'expulsion et une lettre officielle leur expliquant brièvement qu'ils allaient recevoir une aide au relogement.

Le nouveau stade avait besoin des terres sur lesquelles se trouvait Las Manzanitas pour en faire des places de stationnement et l'immeuble avait été vendu.

Le jour suivant la réception des lettres, les locataires informaient Carlos de leur départ imminent.

– Je crois que je vais faire comme vous alors, il a dit.

Le lendemain, c'était un mercredi, et non un jeudi. Les nouveaux propriétaires de Las Manzanitas, qui allaient détruire le bâtiment dans les trois mois, avaient leur propre entreprise de collecte de déchets et ils avaient congédié l'ancienne entreprise, n'ayant pas besoin d'en avoir deux à leur service. Personne n'avait vu l'utilité d'informer les locataires du changement d'horaires. Le camion-poubelle, avec ses bras métalliques pour hisser les bennes et son compacteur pour économiser l'espace ainsi qu'accroître l'efficacité, est arrivé à six heures.

Carlos s'est réveillé alors que sa benne se retournait et que son contenu se vidait dans le camion. Le camion était bruyant et le chauffeur n'a pas pu entendre Carlos crier. Comme à son habitude, le chauffeur a compté jusqu'à dix avant d'activer le compacteur.

5b. En flânant

J.L. Hill descendait Figueroa Street à pied. Environ trente mètres devant lui se promenait une femme (probablement latina à en juger par sa peau mate) qui portait une courte jupe noire et des sandales à talons. Ses jambes étaient robustes, solides, mais très bien proportionnées – splendides, en fait. Hill a accéléré le pas. En dépit du feu piéton qui clignotait, la femme a traversé la 7ᵉ rue en trottant, ses talons claquaient rapidement sur la chaussée à chacun de ses petits pas vifs. Hill s'est mis à courir pour rattraper son retard, mais pas trop vite afin de ne pas attirer son attention. Il a loupé le feu.

Hill était petit et gros, et il transpirait à présent, mais il a regagné pas mal de terrain entre la 7ᵉ et la 8ᵉ rue. À la 8ᵉ, il a touché le jackpot. Mˡˡᵉ Gambettes était arrêtée net par le flot de la circulation, les voitures aussi serrées que des ampoules sur une guirlande de Noël. Elle n'aurait pas pu traverser, il a pensé, même avec un tank. Hill est arrivé à ses côtés, en essayant de ne pas respirer trop fort.

Une Mustang décapotable rouge flambant neuve s'est arrêtée le long du trottoir. Le chauffeur, un blond avec une queue de cheval et la barbe en broussaille, a klaxonné, sifflé et poussé un hurlement.

Mlle Gambettes n'a pas tourné la tête.

Le chauffeur a encore klaxonné et a commencé à l'appeler en criant :

– Hé ! Hé toi ! T'es bonne !

– Va te faire enculer, sale grosse merde, lui a répondu Mlle Gambettes en hurlant.

– T'as un beau cul, chérie. Je vais bien te baiser.

– Casse-toi, minable, lui a dit la femme. Je préférerais encore me taper ce mec-là.

Elle a montré J.L. Hill. (Elle ne pensait pas à mal.)

Le type dans la Mustang est resté imperturbable. Il a sorti un Colt Python et l'a braqué sur Hill. Il a pressé la détente, a tiré trois coups d'affilée, puis a tiré une autre rafale. Toutes ses balles ont fait mouche. Hill s'est écroulé au sol.

La foule, constituée de personnes venues déjeuner au centre-ville, s'est dispersée en poussant des cris. Le chauffeur a persisté.

– Il est mort. Alors, on baise maintenant ?

Mlle Gambettes s'est dirigée vers la décapotable, a sauté par-dessus la porte fermée, s'est coulée sur le siège passager et, unis à jamais, elle et l'homme à la queue de cheval sont partis à toute vitesse.

6a. Ambulance

Susan a entendu l'ambulance et elle a fait ce qu'elle était censée faire. À ses yeux, une ambulance, c'était une raison de se ranger sur le bas-côté. Elle a dirigé son cabriolet Audi vers le bord du trottoir, plein de verre et d'ordures. Alors que les pneus écrasaient des bouteilles de bière vides et broyaient des sacs remplis d'on ne sait quoi, elle s'est dit que les pneus étaient vraiment résistants de nos jours et qu'il était peu probable qu'elle crève.

C'était une ambulance Schaefer, une des plus grandes sociétés d'ambulances de Los Angeles. En fait, un type qu'elle avait connu avait travaillé chez eux comme répartiteur. Mais c'était il y a des années. L'ambulance était rouge et blanc et propre, le nom de la société peint en lettres cursives et au pochoir sur les côtés, juste au-dessus du numéro de téléphone. Susan s'en souvenait plus qu'elle ne l'avait vue, étant donné que l'ambulance était passée très vite. Elle l'avait dépassée à toute vitesse – en plein milieu de la route. Elle avait senti la masse d'air par la vitre ouverte de sa voiture.

Arrêtée sur le bord de la route, Susan laissait son esprit vagabonder. Elle pensait à Alan et au fait de l'avoir quitté, comment il avait eu l'air si surpris au départ, puis tellement désinvolte.

– J'aime les filles vulgaires, il lui avait dit une fois. Tu devrais te décolorer les cheveux en blond.

« Platine », il avait dit.

Elle était sortie le faire, puis le lendemain elle avait de nouveau changé. En noir charbon.

Susan a été surprise par des aboiements de chiens. L'ambulance s'était garée pas très loin devant. Le chauffeur avait ouvert la porte arrière. Des dizaines de chiens et de chats sortaient en courant du véhicule. Ils occupaient la rue et le trottoir. Il y en avait partout.

Susan avait souvent pensé aux ambulances – plus particulièrement à leur rôle dans la circulation, à sa réponse automatique à leur sirène, à la façon de les distinguer des voitures de police et des camions de pompiers, ces derniers, bien plus gros, étant facilement reconnaissables à leur vrombissement. Elle n'avait jamais pensé à ce qu'elles transportaient, ni aux morts et aux mourants, ni à ceux qui ont réchappé d'un tel sort – et certainement pas à Alan ni à des chiens et des chats.

Une fois que les poules ont toutes été sorties du véhicule, juste après les chiens et les chats, Susan a rattaché sa ceinture, mis son clignotant à gauche, puis a vite quitté le bas-côté pour se rendre directement à l'hôpital, en criant sur l'ambulancier alors qu'elle le dépassait à une vitesse bien au-dessus de la limitation, elle-même toutes sirènes hurlantes.

6b. Suite pour SDF : Hollywood

C'était une femme âgée. Soixante ans, environ. Elle se tenait au bout de la bretelle de sortie de Cahuenga. Sur l'autoroute de Hollywood. Près du Hollywood Bowl. Par une chaude soirée d'été. Elle tenait une pancarte : « Je me bats contre le cancer. Aidez-moi. » Ses mains tremblaient. Elle était entourée de cierges allumés – des cierges placés dans de longs cylindres en verre sur lesquels étaient reproduits les portraits de Notre-Dame de Guadalupe, du Sacré-Cœur de Jésus-Christ et de JFK.

J'ai allumé le plafonnier de mon Explorer pour chercher de l'argent dans le cendrier. Je ne fume pas. J'ai ouvert ma vitre – la clim à fond dans la chaleur d'août – pour lui donner un dollar. Elle a avancé la main gauche pour attraper l'argent. Ses ongles étaient longs, très longs, peut-être cinq centimètres, et parfaitement manucurés. Elle était vieille, probablement mourante, et elle a regardé le billet, mais j'ai senti un mouvement au niveau de ma braguette à la vue de cette main si belle. Elle a pris l'argent et je suis parti.

Elle était encore là le lendemain matin alors que je me rendais au travail. J'ai fait le tour des bretelles d'accès pour lui apporter mon aide une nouvelle fois. Cette fois-ci j'avais un billet de cinq à lui donner. Elle a pris l'argent et m'a remercié, ses mains aux ongles si longs toujours aussi tremblantes.

7a. Vol qualifié

Les pneus de la voiture étaient vieux,
Les chapes usées ;
L'allumage était facile à forcer
Avec un tournevis.
Les lignes blanches sur la route
Étaient vieilles et passées
Comme le maquillage crayeux d'une douairière.
La route était humide et grasse ;
On l'avait déjà prise plusieurs fois.
Avec des pneus aussi lisses,
On avait aucune adhérence
Quand Tommy a appuyé sur le frein.
Le mur est arrivé très vite.

7b. Rien qu'un petit peu

Il y a un ou deux centimètres à gagner. Pas bien plus. Mais tu sais ce qu'on dit ; tu lui donnes un doigt et il (ou elle) te prend un bras. Est-ce qu'on a au moins ça à prendre ? Ou à donner ? Je veux dire, un centimètre. Vraiment. On doit bien en avoir un quelque part. Mais, entre un doigt et un bras, il y a une sacrée différence. Je pense qu'on exagère, là, non ? Un bras, c'est bien plus qu'un doigt. Ça pourrait même être davantage. On pourrait très bien dire : on leur donne un doigt et ils te prennent une jambe (plus le temps de s'occuper du genre maintenant). Mais non, ce n'est pas comme ça. Et on ne le fait pas ; je veux dire, on ne leur donne même pas un doigt. Alors, on n'en sait pas plus sur le bras, et je ne parle même pas de la jambe.

8a. Chaussures neuves

Je venais d'acheter une nouvelle voiture, et puis j'ai acheté une nouvelle paire de chaussures. J'aimais vraiment bien les pompes. Elles avaient de grosses semelles, confortables et résistantes, mais en plus elles étaient noir et blanc sur le dessus, donc elles avaient la classe.

Je savais que maintenant, j'allais plaire aux filles.

J'avais hâte d'aller en boîte.

Je prenais à droite. Il y avait un panneau « Cédez le passage ». Je l'ai vu et j'ai vu les voitures qui arrivaient. Mais la grosse semelle de ma nouvelle chaussure s'est accrochée sur la pédale et j'ai malencontreusement accéléré.

Le camion avait la priorité, c'est clair. Il s'est encastré en beauté dans la porte passager. Ma voiture a fait un tête-à-queue. Des éclats d'acier m'ont transpercé le flanc, la jambe. Plus tard, je me suis souvenu que ma chaussure droite s'était envolée alors que le dessous de la grosse semelle était toujours coincé sous l'accélérateur.

Le matin quand je me suis réveillé à l'hôpital, j'ai remarqué qu'il me manquait le pied droit. L'infirmière m'a informé qu'ils avaient dû m'amputer. Au niveau de la cheville. Le pied était apparemment méchamment mutilé, irrécupérable.

Quand je suis sorti de l'hôpital, le personnel m'a rendu mes chaussures. Les deux. Elles n'étaient pas en mauvais état. Une fois rentré chez moi, je les ai cirées. Aujourd'hui, elles sont rangées dans ma penderie.

8b. Le fils Tabby

M. Barrett ne voyait rien. Même avec ses lunettes. C'était le principal adjoint.

On nous avait réunis à la fin de la récré parce qu'il devait nous parler. Il avait un message important.

On avait couru dans tous les sens et bien transpiré. Maintenant, on avait froid. Nous, les classes de CM1 et de CM2 – neuf et dix ans.

– Le fils Tabby est là ? a demandé M. Barrett. Viens me rejoindre. Il y a un message pour toi.

Robert Tabby a traversé la foule. C'était un petit gros dont on se moquait presque tous.

M. Barrett tenait le bout de papier tout près de ses yeux – à moins de deux centimètres – et il a commencé à lire à haute voix : « Message pour Robert Tabby. Ton père est décédé. »

On a vu la confusion de M. Barrett dès que les mots ont quitté sa bouche. Il était évident qu'il n'avait pas pris connaissance du message avant de le lire à voix haute. Robert Tabby s'est mis à pleurer. M. McCarthy l'a emmené dans un endroit à l'abri des regards. Nous autres, on est restés à piétiner dans le froid, à attendre la suite.

Après une bonne minute de silence, M. Barrett s'est éclairci la voix puis il a annoncé que la récréation était terminée et il nous a ordonné de retourner en rang dans nos salles de classes.

Robert Tabby n'est pas venu à l'école de la semaine. Quand il est revenu, tout le monde a été gentil avec lui – pendant une semaine ou deux.

9a. Interdiction de traverser

On avait bu. On était pressés. La nuit était sur le point de tomber. Le feu allait changer de couleur alors qu'on tournait à fond la caisse à l'angle de la 2e rue et de Broadway, dans le centre-ville de Los Angeles. On allait retrouver des meufs à Chinatown.

Le feu était vert. Le type était habillé avec des vêtements sombres et il était en plein milieu du passage piéton. On l'a violemment percuté. Il a rebondi sur le capot et il est passé par-dessus le toit. Même avec la radio à fond, on l'a entendu s'écraser sur la chaussée.

Chris était assis à côté de moi ; il flippait comme un malade.

Il a mis le flingue contre sa tempe.

– Non, Chris !

Il a appuyé sur la détente. Des morceaux de sa tête ont giclé sur le tableau de bord, les vitres et le pare-brise.

La voiture de police se rapprochait, la sirène devenait plus forte, les gyrophares plus aveuglants.

J'allais avoir beaucoup de choses à expliquer. J'étais au volant.

9b. Accident, deuxième partie

Ce n'était pas sa voiture. Il n'avait pas l'habitude de la conduire. Il était en train de tripoter les instruments du tableau de bord et du volant. Il essayait de trouver les essuie-glaces. Il ne pleuvait pas. En fait, ça se passait à Los Angeles en juillet. Il n'avait plu que deux fois en juillet à Los Angeles au cours des dix dernières années – d'après ce qu'on m'avait dit. Qui m'avait dit ça ? Je ne m'en rappelle pas. En tout cas, il essayait de nettoyer le pare-brise pour améliorer la visibilité – insectes morts, pollution, graisse. C'était en pleine nuit. Il y avait beaucoup de reflets éblouissants. Il n'a pas trouvé les essuie-glaces. À la place, il a trouvé le klaxon. Il a appuyé dessus sans faire exprès. Pas une fois, plusieurs. Le chauffeur furieux dans la voiture de devant est sorti de son véhicule. Ils étaient à l'arrêt à un feu rouge. Il a tiré deux coups de feu, l'un ou bien les deux ont été fatals. Notre chauffeur n'a pas eu l'occasion de dire qu'il n'appuyait pas sur son klaxon d'impatience – en réalité, le klaxon de quelqu'un d'autre – mais qu'il essayait simplement de nettoyer un pare-brise sale.

10a. Exploser

Monsieur le rédacteur en chef,
En ce qui concerne votre article du 4 mars intitulé « Colin Ferguson : comment savoir ce qui fait sortir une personne de ses gonds ? » Eh bien, on ne peut pas. Il y a toutes sortes d'hypothèses : il a eu une enfance difficile, il s'est fait virer de la Poste ou n'importe quoi. Mais tout ça, c'est des conneries. C'est juste un truc de dingues. À un moment, vous êtes avec un type qui est complètement d'aplomb et tout, et puis boum !!!, d'un seul coup il sort un flingue et il commence à massacrer tout le monde. Si je peux donner mon humble avis, je pense que c'est juste un petit détail de rien du tout – du genre, vous avez passé une mauvaise journée et quelqu'un vous grille la place au distributeur de billets. Comme on dit : c'est la goutte d'eau qui fait déborder le vase. Vous n'avez jamais fait de mal à personne de votre vie et puis tout d'un coup, vous dégainez un flingue que vous aviez par hasard sur vous, et pan !!!, vous plombez un type. Quand les journalistes arrivent dans votre quartier, tous les gens de votre rue disent : « On sait pas comment il a pu faire ça. C'était quelqu'un de toujours très gentil, qui s'occupait de ses affaires, et poli avec ça », vous voyez un peu le tableau. Mais moi, je vous le dis, ça peut arriver à n'importe qui. Je

suis quelqu'un de calme quand on me laisse tranquille, mais le gars qui vient me faire chier quand je ne suis pas d'humeur, il ne va pas comprendre ce qui lui arrive. Bon, j'ai jamais tiré sur personne, mais ce que je veux dire, c'est que tout le monde en est capable ; tout le monde a son point de non-retour, sa bête noire, le truc qui va le faire exploser. Je vais vous donner un exemple personnel : je déteste quand j'ai les cheveux qui viennent dans les yeux. Et que je ne peux pas les enlever. Ça m'arrive tout le temps – surtout quand je conduis – et ça me rend dingue. Je vois ce cheveu qui se tortille devant mes yeux. J'essaye de le recoiffer, de le plaquer, je fais tout ce que je peux mais il revient sans arrêt. Et je suis sur le point de crier. Mais ce problème, je l'ai résolu. À un moment, ça m'arrivait tous les jours et j'ai pensé que j'allais péter un câble dans ma voiture, en plein sur l'autoroute, mais un matin, j'ai regardé attentivement dans le miroir et j'ai vu que j'avais un poil – rien qu'un seul poil – qui poussait sur un grain de beauté juste en dessous de l'œil et que ce poil, quand il était pris dans le vent qui s'engouffrait dans ma voiture, remontait dans mon champ de vision. Mais j'ai fini par l'avoir ce petit salaud ; j'ai pris des ciseaux et je l'ai coupé à ras pour qu'il ne puisse plus onduler dans tous les sens – et je le surveille de près parce qu'il repousse. Dès qu'il devient un petit peu long, j'arrive avec des ciseaux, une petite paire de ciseaux à ongles, c'est impeccable, pile-poil à la bonne taille, si je peux me permettre le jeu de mots. Et je suis bien content d'être allé au fond des choses, parce que comme je le dis, on ne sait jamais quel petit truc va faire sortir quelqu'un de ses gonds.

Cordialement,

J. M.
Van Nuys, Californie

10b. Ce qui est vrai

Je ne sais jamais ce qui est vrai.

Je lis les journaux, cinq ou six journaux différents. Le *New York Times*, le *Washington Post*, le *Globe*, le *National Enquirer*, *La Tour de garde*, le *Los Angeles Sentinel*, le *Cleveland Plain Dealer*.

C'est vraiment très déroutant.

Prends l'affaire O.J. Simpson par exemple. Je sais que c'était il y a dix ans, mais dix ans, franchement, c'est quoi ?...

Petite parenthèse : au niveau du poids, je fais le yoyo. J'ai mangé beaucoup de pâtes pendant le mandat de Clinton. Je croyais suivre le régime crétois. Puis je me suis mis au régime Atkins. Aujourd'hui je mange du bacon, des œufs, du fromage et de la viande rouge. J'aime bien Moby et je me sens coupable de manger de la viande, mais je regarde Discovery Channel et j'en apprends tous les jours un peu plus sur la chaîne alimentaire... Enfin, tu vois, ce que j'essaye de dire, c'est que bon, non, c'est pas grave...

Et aussi, j'aime bien le nouvel album de Britney Spears, les chansons sont super entraînantes et elle est trop mignonne (c'est pas que du battage médiatique, hein), mais quand j'en parle autour de moi, les gens se mettent à rigoler... Je vis à Echo Park et la plupart de mes amis sont bien plus cool que moi. Ils me disent d'oublier la politique, de pas croire tout ce que je lis, et des trucs dans le genre, mais j'y arrive pas.

Bref, revenons à O.J. Simpson – c'est vraiment un truc qui me mène, mais dans tous les sens. Je m'explique : quand j'écoute Matt Drudge ou Rush Limbaugh, je suis de leur avis, nan, pas sur l'affaire Simpson, mais par exemple, sur notre invasion de l'Irak – ça me paraît juste et bien d'arrêter Saddam. Puis je me rends à une manifestation pacifiste sur Pershing Square et je commence à penser aux victimes innocentes de la guerre et à notre soif avide de pétrole et à tout ce genre de conneries… Oh merde, j'en sais rien…

Maintenant, comme je l'ai dit, ça fait dix ans que l'affaire Simpson me fascine – je crois pas que je penche plus d'un côté que de l'autre – je peux carrément voir les deux options – coupable ou innocent – et j'ai lu tout ce qui le concernait, mais j'ai aussi, en quelque sorte, consacré ma vie, enfin, tout mon temps libre, à trouver une réponse.

C'est marrant les trucs qui plaisent aux gens. Comme la fois où je suis allé voir cet opéra que cette troupe jouait dans un bar miteux de mon quartier – c'était plutôt cool, genre comme si c'était du Tom Waits ou je sais pas quoi – et tous les gens qui fumaient dehors avaient des dégaines de gothiques, ce qui s'expliquait, à part ce gars qui était habillé tout en violet et or, avec une veste des Lakers, des Converse dorées et un T-shirt du championnat qui datait de deux ans plus tôt – c'était quoi son délire à ce mec ?

Bref, je mène vraiment l'enquête sur l'affaire Simpson. Aujourd'hui encore. C'est vraiment important, tu sais. On m'a déjà interdit de m'approcher de l'appartement de Nicole. J'y allais genre une fois par semaine, pendant mes jours de congé – je travaille dans un Denny's – ouais, au moins une fois par semaine pendant les deux premières années, à la recherche d'indices, de trucs que les flics auraient pas vus. Parce que tu vois, ils avaient même pas nettoyé la cour, et tout le sang est resté pendant vachement longtemps.

Comme je disais, je sais plus trop ce que je dois croire, s'il est coupable ou innocent. J'ai jamais été vraiment sûr. Enfin, à l'époque où ça s'est passé et pendant le procès, j'étais sûr... bon, j'ai été sûr pendant un jour, quoi. À ce moment-là, j'habitais près de Washington et d'Adams, et je prenais le *Sentinel* et ils avaient de bons articles. Il y a eu ce super papier sur Mark Fuhrman, le flic de l'affaire Simpson, et sur l'enregistrement qu'il y avait de lui, et tout de suite, j'ai pensé au complot raciste.

Puis après, j'ai lu tous ces autres trucs. Sur tout le fric qu'il avait, et comment un type ordinaire s'en serait pas sorti, parce que qui peut se payer Johnnie Cochran comme avocat ? Et puis ce Kato Kaelin, je l'ai jamais trop cru de toute façon. Enfin, tu sais, c'est pas un mauvais bougre, c'est juste un gros fainéant, enfin, je peux parler, mais quand même, il mentait parce que le gars le laissait dormir gratuitement chez lui... Remarque, je ferais pareil.

Et c'est comme l'histoire de Clinton avec Monica, quand il était président, il était du genre fainéant, à traîner toute la journée à la Maison-Blanche, à bavarder au téléphone, manger une pizza et se faire tailler une pipe. Enfin, c'est cool. C'est un peu comme si j'étais président ou je sais pas quoi. Je peux comprendre. C'est un type normal, quoi. Parce que le truc, c'est que moi aussi, je prends mon petit-déj' chez McDonald's.

Enfin bref, il y a O.J. qui promet une récompense à celui qui va trouver le véritable assassin. Ça, c'est de la motivation, c'est sûr. J'aimerais bien la toucher moi, cette récompense. Pas seulement pour l'argent, tu vois – même si, je vais pas mentir, ça fait un paquet de fric – mais pour être le type qui va résoudre l'affaire et tout. Ça serait cool ça, hein ?

Tu vois, Clinton et O.J. C'était les années 90, pas vrai ? Comme je disais, j'aimais beaucoup Clinton. Je trouve que c'était un super président. Pas seulement à cause des fast-foods, des pipes et tout ça. Il est vraiment intelligent. Et j'aime bien aussi O.J., même si maintenant je crois qu'il a découpé ces enculés, et qu'ils étaient en train de le baiser, enfin, tu vois, ils conduisaient sa bagnole, une Ferrari si je me rappelle bien, et ce serveur qui lui ramène ses lunettes chez elle – enfin, qui fait ce genre de trucs ? Sans déconner. Tu vois le style, un service de livraison de toutes les merdes que t'as laissées derrière toi. Y a personne qui fait ça, mec, personne.

Et puis, j'ai fait une erreur. J'ai suivi O.J. jusqu'en Floride. À Pensacola. À Panama City. Dans toute la région nord-est de la Floride. D'un terrain de golf à l'autre. Lui et sa copine. Paula machin. Cette superbe nana avec ce tueur impitoyable. Je crois que je viens de me décider. Je sais enfin ce que je pense. Parce que tu vois, c'est moi qui suis en prison et pas lui.

11a. Vie de voyou

I.

Avril. C'est le printemps. Je déteste cette période de l'année. Il n'y a rien à espérer. Pas de Noël. Pas de Nouvel An. Et en même temps, je déteste attendre qu'un truc arrive. Parce qu'à la fin, c'est toujours complètement pourri.

II.

Quand je suis sorti ce soir-là, j'étais carrément furieux, totalement excédé, je débordais d'une rage indicible.

J'étais sorti acheter des cigarettes, il était peut-être trois heures du matin, et je marchais vers la supérette. C'était le soir du ramassage des ordures – tous les conteneurs et les sacs-poubelles étaient dans la rue, bien rangés le long du trottoir. Une fois ma besogne achevée, je me suis rendu compte que je n'avais jamais vu autant d'ordures dispersées sur un seul pâté de maisons.

III.

On l'avait mis à l'arrière de la bagnole, allongé sur le sol ; dans l'ensemble, ce n'était pas vraiment inconfortable ; par moments, j'étais là, à lui donner des coups de pied comme si je battais la mesure. Puis je lui disais des trucs sympas – des trucs comme « Ça va bien se passer ». Puis, en l'espace d'une minute, j'étais de nouveau en train de lui envoyer des coups de pied, d'écraser mes talons sur sa tronche, et finalement c'est devenu tout glissant sous les semelles de mes bottes à cause du sang. C'était comme avec un chien, quand tu lui donnes un coup de pied, et puis que tu lui dis « Bon chien », et qu'ensuite tu lui redonnes un coup de pied – et que tu répètes le cycle encore et encore. (Mais je crois que les chiens le supportent mieux que les humains.)

IV.

Les nuits comme celle-ci, je porte des gants.

V.

Elle avait une crête violette et onze piercings apparents, mais ils l'avaient quand même embauchée au Metro Diner. Elle avait pris une chambre dans un hôtel miteux à deux pas de là ; l'hôtel s'appelait le Sunshine Inn.

VI.

Je ne demande jamais d'argent contre mes services.

VII.

Six mois ont passé – quasiment sans remous, sauf qu'il était encore avec nous et qu'on lui faisait faire un tour de voiture une fois par jour, comme si on promenait le chien – on le trimbalait d'un endroit à l'autre, mais sans jamais sortir des limites de la ville. Il n'avait pas fait suffisamment chaud cet été-là pour qu'il y ait beaucoup de meurtres et de violence dans les rues de L.A., mais l'automne est arrivé en force, avec des incendies dans les collines et aussi à Malibu, ainsi qu'à Altadena, suivis par des inondations causées par les premières pluies, dans une autre partie de Malibu, brûlée, lessivée, purifiée. Tout le monde disait : « Qu'on brûle tout ! » C'était devenu cliché.

VIII.

J'ai du mal avec le changement.

On s'est arrêtés chez Bob, seul endroit éclairé dans une rue sombre. Elle n'était pas là. Je me suis occupé de Bob pour Tony, sans même qu'il ait eu à me le demander.

Quand je suis remonté dans la voiture, j'ai recommencé à donner des coups de pied.

IX.

Elle a trouvé un boulot de danseuse.

X.

J'empruntais le pont qui passe au-dessus du fleuve au moins trois fois par jour. Matin, midi et soir. Pour des raisons professionnelles. Il était toujours avec moi, et je lui écrasais mes talons sur la gueule, le torse et les couilles. Tous les soirs, je me rendais à la boîte dans laquelle elle travaillait. Je lui donnais des bons pourboires mais je ne lui adressais jamais la parole. Je n'y arrivais pas. Impossible de m'y résoudre ; même si j'avais très envie d'elle.

XI.

J'ai lâché mon boulot, mais j'ai gardé mon chauffeur. Je n'arrivais pas à laisser tomber, je ne voulais pas baisser les bras. Je suis allé chez le coiffeur. Puis au Metro Diner. Elle ne travaillait bien évidemment plus là-bas depuis qu'elle avait commencé à danser. Malgré tout, la faune du Metro était chouette – un nouveau groupe de hip-hop punk, des gens avec des cheveux de toutes les couleurs, des piercings, etc., tu vois le genre. J'ai acheté les bons livres, à commencer par Nietzsche, et puis ensuite Bataille. J'ai pensé que j'allais pouvoir m'intégrer, mais vu que j'ai du mal à amorcer une conversation, je me suis contenté de m'asseoir dans un coin, à boire du café et à lire mes livres branchés. Personne n'est venu me parler non plus. Je pense que c'est à cause de ma dégaine. Il y a des trucs qui ne changent pas. Des fois, j'entendais les gens parler de moi. Au début, ça me faisait plaisir ; après, ça m'a énervé.

XII.

J'imagine que je me rendais assez souvent à la boîte pour qu'elle me considère comme un habitué. Cinq soirs par semaine, pas de quoi s'étonner non plus. Mes pourboires étaient de plus en plus gros. À tel point que quand elle finissait une danse, elle venait me donner une bise sur la joue. Mais, sans doute parce que je ne disais jamais rien, elle ne m'a jamais parlé non plus. Peut-être que je lui faisais peur, mais je ne crois pas.

Elle avait l'air de plus en plus à l'aise sur scène. Comme elle s'améliorait, j'ai senti que ça pourrait me plaire. À ce moment-là, elle ondulait, fluide et sensuelle. Elle qui était si gênée au départ. Et puis elle a commencé à faire ce truc avec un serpent vivant. Ça rendait le public complètement fou. J'en étais malade de jalousie. Ça m'étonnait de ma part, moi qui aime tellement les filles vulgaires.

XIII.

Sans boulot, j'ai commencé à m'ennuyer. Un jour, elle a déménagé. Enfin, c'est ce que je crois. En vérité, elle n'était plus là. Aucun signe d'elle, nulle part. Disparue, tout simplement. Le cinquième soir, je me suis branlé sous la douche en pensant à elle. Pas tant en pensant à ses seins qu'à ses cheveux et à ses mains qu'elle déplaçait si joliment.

XIV.

Au jour de l'an, il était mort. Là, au pied de la banquette arrière. Il y a une limite à ce qu'un homme peut endurer. J'étais surpris qu'il ait résisté si longtemps. Ça commençait à me rendre dingue – beaucoup de boulot, beaucoup d'entretien. On s'est contentés de brûler la bagnole avec le corps à l'intérieur. Ça devient très chaud là-dedans avec les garnitures, les tapis et tout. Difficile d'identifier ou de retrouver l'origine de quoi que ce soit. Enfin, ça n'avait aucune importance. Personne n'allait venir le réclamer de toute façon.

XV.

Comme je le disais, on est en avril. J'ai mis un T-shirt, mais je ne sais pas ce qu'il y a écrit dessus. J'ai l'intention de m'installer une fois pour toutes de l'autre côté du fleuve – là-bas, j'espère n'être plus qu'un type armé parmi d'autres.

11b. Tous égaux ?

Victimes par homicide, comté de Los Angeles, le 12 juin 1994 :

- David Abraham, homme, 29 ans, multiples blessures par balle
- Ronald Goldman, homme, 25 ans, multiples blessures par arme blanche
- Renee Hurtado, femme, 21 ans, multiples blessures par balle
- Alvaro Lopez, homme, 22 ans, multiples blessures par balle
- Jaime Moreno, homme, 26 ans, blessure à l'arme blanche au niveau du thorax
- Nicole Brown Simpson, femme, 35 ans, multiples blessures à l'arme blanche

12a. Cambre-toi n° 1

Elle dansait derrière la vitre.

Il était vraiment flippant – sale, débraillé, gros. C'est clair que Matt Damon ne s'arrêtait pas souvent devant sa cabine de peep-show, mais quand même. Les seuls mecs mignons qui venaient étaient des étudiants et en général, ils ne faisaient que rire bêtement ou se moquaient, et ils ne dépensaient jamais beaucoup d'argent. Elle s'est dit que ce type-là était du genre à bien payer.

Elle avait de très longues jambes et des cheveux vraiment très platine, qu'elle décolorait encore et encore, religieusement, bien au-delà du blond. Elle jouait avec ses cheveux pour lui.

Il cherchait maladroitement de l'argent. Ses mains étaient crasseuses.

Elle a commencé fort. Peut-être qu'il allait dépenser beaucoup tout de suite et qu'elle allait vite s'en débarrasser.

Elle s'est cambrée en avant au niveau de la taille et a écrasé son cul contre la vitre. Elle a touché le sol en allongeant le bras, ses grands ongles argent renvoyaient la lumière. Elle a ramené son autre bras sur son entrejambe et elle a passé ses doigts tout autour de son trou du cul, en tirant sur la ficelle de son string.

Il avait l'air d'aimer ça. Il a cherché dans sa poche. Plus d'argent, elle a espéré. Effectivement, il a encore payé, mais il a aussi sorti un bloc-notes et un crayon et il les a mis sur ses genoux.

Un journaliste ? elle s'est demandé. Pour qui ? Pourquoi ?

Elle a continué de danser pendant qu'il griffonnait dans son calepin.

Il a fini d'écrire puis il a tenu le bloc-notes devant la vitre pour qu'elle puisse lire.

« Retrouve-moi dehors dans cinq minutes, » ça disait.

Elle a plissé les yeux pour lire le mot et puis, dégoûtée rien que d'y penser, elle a vigoureusement secoué la tête.

Il a écrit un autre message.

« Dans la ruelle derrière. »

Il continuait à payer, alors elle continuait à danser. Elle s'était assise et avait fait tourner ses jambes en l'air avec son entrecuisse écartée qui lui faisait face, mais à présent, elle se tenait debout et regardait dans la direction opposée.

Il a écrit un autre message.

Elle lui a fait un doigt d'honneur.

Il a écrit encore un autre mot.

« S'IL TE PLAÎT ! » il a écrit en lettres capitales.

Tout à coup, elle s'est sentie obligée de sortir, pour savoir de quoi il s'agissait. C'était bientôt l'heure de sa pause. Elle allait fumer une cigarette et écouter son histoire.

D'un signe de tête, elle lui a dit oui et elle a fini sa danse.

Dehors, il y avait un peu de vent et elle avait froid dans ses vêtements légers. Elle a allumé une cigarette et attendu. Il en mettait du temps à sortir. Quel trouillard. Pas étonnant. Elle, elle n'avait pas peur. Elle s'était déjà bagarrée plus d'une fois et en plus, elle n'avait qu'à crier pour que les videurs rappliquent.

Quand elle a eu presque terminé sa cigarette, il est arrivé dans la ruelle en marchant d'un pas lourd. Le vent faisait s'envoler les détritus et un couple de chats errants entraient et sortaient d'une benne à ordures.

– Qu'est-ce que tu veux ? J'ai pas beaucoup de temps, elle a grogné quand il a été assez près.

Il s'est encore approché puis s'est arrêté très près d'elle.

Il ne disait rien.

Il a bonne haleine, elle pensait.

C'est dire à quel point il était proche.

Ils sont restés quelques minutes sans rien dire.

Après ce moment de silence, elle s'est penchée en avant pour l'embrasser sur le front. Elle était plus grande que lui avec ses talons. Puis elle a commencé à le déboutonner et elle a retroussé sa jupe. Il a fouillé dans son manteau, doucement pour ne pas la surprendre ni lui faire peur. Pour lui donner de l'argent ? elle s'est demandé. C'était son cadeau à elle. Elle lui a attrapé la main pour arrêter son mouvement, a un peu enfoncé ses ongles dans sa paume et a posé sa main sur ses seins. Elle mouillait ; il bandait. Elle l'a enfourché contre le mur de briques et l'a baisé en silence. Sans capote. Quand il a joui en elle, elle lui a remonté la braguette puis s'est refait une beauté, a lissé sa robe, son haut, ses cheveux. Elle lui a tourné le dos, puis elle s'est retournée. Elle l'a embrassé longtemps et très fort sur les lèvres, lui a roulé une grosse pelle, puis a reculé.

– Au revoir mon chou, elle a dit.

Elle a descendu la ruelle aussi vite qu'elle a pu sur des talons de 10 cm, vers la rue et l'entrée de la boîte. Il n'a pas bougé d'un pouce. Aucun d'eux n'avait parlé, sauf quand elle lui a dit au revoir.

Quand elle a atteint la rue et la lumière, elle a salué Tony qui travaillait à l'entrée, a allumé une autre cigarette, a tiré deux ou trois bouffées rapides, a jeté le mégot dans le caniveau, puis elle est retournée bosser.

12b. Cambre-toi n°2

Elle se tenait à un carrefour. Je l'ai approchée.

Il y avait beaucoup de circulation ; c'était dur de s'entendre.

– Excusez-moi ? elle a dit.

Je me suis penché en avant et je lui ai chuchoté dans l'oreille.

J'ai cru qu'elle allait me frapper.

– Vous êtes dégoûtant, elle a dit.

– Je vous donnerai cinquante dollars, j'ai répondu.

– Et radin avec ça.

Elle était habillée en tailleur, probablement un Armani. Elle portait des escarpins Ferragamo. Elle avait un simple collier de perles autour du cou. Ses ongles étaient très longs et ils n'étaient pas vernis.

– Je connais un endroit où on peut aller, j'ai dit.

Une voiture de police est passée à proximité et a ralenti tout près de nous. Aucun de nous n'a regardé les flics alors ils ont décollé.

– C'est un hôtel ; plus bas dans la rue, j'ai continué.

J'ai pensé que je parlais trop.

– D'accord, elle a fait.

Une fois dans la chambre d'hôtel, elle s'est immédiatement déshabillée, sans manières, et m'a demandé de faire comme elle, ce que j'ai fait.

– Cambre-toi, elle m'a dit.

Je me suis cambré et j'ai attendu la suite.

13a. Miss éthérée

Elle se tenait au bar, toute de rouge et de noir.
J'ai commandé un autre verre.
Minuit était passé de quelques minutes.
Je l'ai appelée « Miss éthérée ».
Elle ne comprenait pas de quoi je parlais.

13b. Colocataires

Elle a emménagé ici comme colocataire. Elle était menaçante. Entièrement tatouée, du cuir noir et des chaînes. Je suis tout de suite tombé amoureux. Elle garait sa moto dans l'appartement. Elle aimait les oiseaux. Elle se faufilait sur le toit de notre immeuble, quatre étages au-dessus de Hollywood Boulevard, pour nourrir les pigeons et les moineaux, un goéland à l'occasion, et les corneilles. Ses amis ont commencé à venir. J'ai essayé de boire avec eux. De temps en temps, je leur apportais de l'herbe. Alors ils ont commencé à croire que c'était une habitude. Un soir, ils se sont mis à me frapper. Dans mon propre appartement. D'abord à coups de poing, puis avec des matraques et des chaînes. Elle n'a rien fait pour les arrêter. Je pense qu'elle m'a peut-être frappé plusieurs fois elle aussi. Quelqu'un a appelé une ambulance. L'ambulancier m'a conduit à l'hôpital et elle est restée à la maison, à boire avec les types qui m'avaient tabassé. Ils m'avaient cassé le nez et plusieurs côtes. Le médecin m'a dit que j'avais eu de la chance, ça aurait pu être pire. Je suis rentré chez moi le lendemain matin. Ses amis étaient toujours là. Une nana m'a donné une bière. « Sans rancune », a dit un autre type. Ma colocataire a rigolé et on a bu tous ensemble. Quand elle a décidé de partir s'installer à Seattle, évidemment je l'ai suivie.

14a. L'enfer sur terre

Phoenix me fout les jetons.

Comme aucun autre endroit.

Je l'ai rencontrée à L.A. À l'aéroport. LAX. Elle se rendait à Phoenix. Pourquoi ? Je ne sais pas. Je n'y étais jamais allé. On était en train de se rouler des pelles pendant qu'elle attendait son vol. Elle m'a demandé de l'accompagner. C'est comme ça qu'elle m'a présenté le truc. Je n'avais rien de prévu, nulle part où aller. Je l'ai suivie. Elle m'a dit qu'elle s'appelait Vonda.

À l'aéroport de Phoenix, on a pris un taxi pour sortir du terminal Barry Goldwater.

– L'hôtel le plus proche, elle a dit.

On a roulé vers l'ouest sur Washington : un immense terrain vague, une succession de casses et de parkings pour voitures de location. Paysage aride ; morne. Et encore, les mots sont faibles.

On a trouvé un endroit. Le Desert Star. D'après moi, l'hôtel n'était pas affilié à une chaîne. Un lit, une télé qu'on n'a jamais allumée ; deux savonnettes. Pas de shampoing. Pas d'après-shampoing. Pas de lait de toilette. Les aboiements des chiens de garde du parking d'à côté. Des Viper, des Lamborghini, des Ferrari à louer :

Resort Car Rentals. De l'autre côté, une entreprise de broyage : de la ferraille pour l'exportation. Envoyée par camions au port le plus proche – probablement Long Beach ou San Pedro.

J'ai fermé les yeux.

J'avais tellement envie d'elle.

On dit que les mecs s'endorment juste après l'amour. Moi, ça ne m'arrive jamais – elle dormait à poings fermés et je l'ai laissée là pour qu'elle passe une bonne nuit. J'avais payé la chambre d'avance.

Il était quatre heures du matin quand je suis parti. Mon portefeuille était vide. J'avais réglé la chambre en liquide et ça m'avait mis à sec. Je voulais rester incognito. J'avais encore un billet d'avion. Il y avait un vol à six heures. J'ai décidé d'aller à l'aéroport à pied.

Au bout de quelques mètres, on m'a sauté dessus. Des zonards. Ils voulaient mon fric. Le problème, c'est que j'avais que dalle. Ils m'ont cassé la gueule parce que je n'avais pas une thune sur moi. J'ai pensé à sauter par-dessus la clôture pour leur échapper, mais les chiens qui gardaient les voitures étaient de l'autre côté. J'ai pensé que je m'en tirais à meilleur compte en restant avec mes agresseurs ; je crois que j'ai pris la bonne décision. Les chiens m'auraient réduit en bouillie.

Ça a été long de marcher jusqu'à l'aéroport mais je suis arrivé à temps pour prendre mon vol. Retour à L.A., retour au paradis. Vraiment.

Comme je l'ai dit. Phoenix me fout les jetons.

14b. Hawaï

Cora tenait un chouette bar, propre et bien rangé, dans lequel je m'arrêtais tous les soirs. C'était une fille maigrichonne avec des jambes comme des allumettes. Quand elle a annoncé à tout le monde qu'elle était enceinte, elle a immédiatement déclaré que j'étais le père, même si je ne l'avais jamais vue ailleurs que derrière le bar.

Bien que ma paternité ait été impossible, j'ai déclaré être le père. (Je suis devenu le champion de Cora.) Je ne sais pas pourquoi. J'ai dû me dire que c'était ma dernière chance.

Oh, Cora.

***

Au cours des semaines suivantes, je n'ai pas passé beaucoup de temps avec elle.

Quelques mois après la naissance du bébé, quelqu'un est entré par effraction dans l'appartement de Cora. Je n'étais pas là. La gamine non plus, elle passait la nuit chez sa grand-mère. Malheureusement, Cora était présente. Les cambrioleurs ont saccagé l'appartement et ils l'ont tabassée.

Elle a dit qu'ils ne l'avaient pas violée – qui sait ? – mais ils ont tout de même réussi à lui casser plusieurs vertèbres. Elle s'est retrouvée en fauteuil roulant.

J'ai de plus en plus assumé la responsabilité de la petite. On l'avait appelée Danielle, même si on ne connaissait personne qui portait ce nom.

Environ un an plus tard, Cora est décédée des complications de ses lésions à la moelle épinière.

Pendant les trois semaines et quelques de son agonie – une chose à l'intérieur de son corps en écrasait une autre – je suis resté en permanence à ses côtés.

Les types qui l'ont frappée ont été condamnés pour coups et blessures et ils ont tous écopé de huit ans de prison. Maintenant que Cora est morte, le procureur dit qu'il va les poursuivre pour meurtre. Je suis pour.

Danielle a maintenant sept ans. Elle était vraiment mignonne dans le spectacle de Noël de l'école. Dans la représentation de l'après-midi, elle était un ange, dans celle du soir, un flocon de neige.

Ces jours-ci, je reste presque tout le temps à la maison. Je ne sors jamais dans les bars.

Je pense que Danielle devrait avoir un frère ou une sœur, mais bien qu'on n'ait jamais été ensemble Cora et moi, je n'arrive pas à envisager de rencontrer quelqu'un d'autre. Il me semble que je n'ai pas encore fait mon deuil.

Oh, Cora.

15a. Bébé

On était dans un bar à Chinatown sauf qu'il n'y avait pas un seul Asiatique à l'intérieur. Joan et moi, on était assis tout au fond, on essayait d'être tranquilles. Mais il y avait plein de monde.

– Pardon, j'ai dit. Pardon.

J'allais aux toilettes. Ils ne voulaient pas bouger.

– Hé, c'était une façon polie de vous dire de vous casser de là, j'ai dit.

J'ai poussé le grand type. Il n'a rien fait.

Joan et moi, on s'était disputés.

Quand je suis revenu des toilettes pour hommes, les types étaient partis.

Elle aussi.

***

Elle a eu le bébé, mais ça a été dur pour elle. Son placenta s'est déchiré pendant l'accouchement et elle a énormément saigné.

Le môme allait bien, mais ils ont perfusé Joan à mort. Elle avait vraiment perdu beaucoup de sang. Le bébé se faisait emmailloter à la nurserie – sans se rendre compte de ce qui se passait, bien entendu.

***

Je leur ai envoyé un cadeau, à elle et au bébé. C'était des chouettes cadeaux.

***

Elle m'a envoyé une lettre de remerciement et puis le temps a passé. Comme elle n'avait pas trop d'argent, elle se nourrissait de macaronis au fromage Kraft et de nouilles instantanées Top Ramen. Elle allaitait encore.

À mille kilomètres de là, je me faisais des pizzas surgelées (les Celeste sont toujours mes préférées) et je buvais de la mauvaise vodka.

***

Un an plus tard, je l'ai appelée. Je n'avais encore jamais appelé.

– C'est pas le tien, elle a dit.

– Je sais, j'ai répondu.

On a encore parlé pendant une minute ou deux. Et depuis, plus rien.

15b. Sur le pas de la porte

Elle était assise sur des marches de béton cassées, au milieu de débris de verre. Elle portait des chaussures rouges en cuir vernis qui laissaient apparaître ses orteils et dont les talons faisaient dix centimètres. Ses pieds étaient sales, mais pas dégoûtants. Elle arrachait ses grands ongles d'orteil abîmés, barbouillés de vernis violet et d'autres couleurs, avec les ongles de sa main, irréguliers et tous différents les uns des autres. Prenons-les un par un :

- ongle du pouce gauche : dix centimètres de long, non vernis
- ongle de l'index gauche : rongé à l'extrême, au point de saigner, des taches de vernis rouge
- ongle du majeur gauche : un centimètre de long, cassé sur un côté, vernis transparent
- ongle de l'annulaire gauche : dix-huit centimètres, comme une frite en tire-bouchon, à moitié vernis
- ongle du petit doigt gauche : bien rongé, vernis vert
- ongle du pouce droit : rongé, sale comme celui d'un garagiste
- ongle de l'index droit : douze centimètres de long, immaculé et recouvert d'un motif byzantin finement dessiné

- ongle du majeur droit : manquant
- ongle de l'annulaire droit : un demi-centimètre, French manucure « chic »
- ongle du petit doigt droit : vingt-trois centimètres, vernis bleu marbré

K-mart a fermé 17 magasins. Les licenciements sont imminents, 400 emplois seraient menacés.

La guerre fait rage. Les aliments avariés causent des épidémies de salmonellose.

Il y a des types qui ne peuvent pas s'empêcher de revenir. Trop de variété. Plus complexe que Wittgenstein, sans aucun doute. Les questions : ontologiques, pas épistémologiques.

Décrivons les ongles de ses doigts de pied :

- approximativement de la même longueur, mais rugueux, non limés, presque dentelés à leur bout, irréguliers, sans soin apparent, et pourtant tous spéciaux.

Elle leur a, à tous, donné un nom secret. Un nom vraiment secret, clandestin et privé. Je ne les connais pas. Juré.

Le monde entier est clairement décrit dans les dix-neuf appendices : la théorie du tout, la genèse, une nouvelle cosmologie...

Une petite histoire : John l'a rencontrée dans la rue, sur ces marches-là, en fait. Il valait peut-être 10 millions de dollars. Il avait vendu sa société qui fabriquait des robots éplucheurs d'oranges dont la publicité passait tard le soir à la télé. Le successeur de Ronco, un aïeul digne de ce nom, ça ne faisait aucun doute. Mais en plus contemporain, disponible sur le web, avec son propre site, etc. La totale, quoi.

Une histoire américaine : il a réussi, puis il a tout perdu en six mois. Ils ont tout dépensé ensemble. La grande vie, c'est sûr, mais d'autres choses encore. Ses ongles étaient devenus leur boule de cristal, leur carte du monde. Mais ils ont manqué de clairvoyance. L'argent leur a filé entre les doigts.

Chose curieuse : ses ongles – de mains et de pieds – sont réellement une carte du monde. Foutrement difficile à lire par contre. Comme les résultats multiples et incompréhensibles d'une expertise et ce genre de conneries. Et maintenant, au final, sur le pas de la porte : une fascination nouvelle et renouvelée – différente bien sûr – mais une vie où ils sont encore l'un avec l'autre. Tout le reste est intolérable.

16a. Antojitos

Rien dans la boîte aux lettres. Même pas une pub.

Je voulais qu'elle se laisse pousser les ongles. Elle m'a dit qu'elle allait y penser. Par contre, elle oublie de se couper les ongles des pieds. J'adore ça.

Je suis content que McDonald's fasse des offres spéciales à un dollar maintenant. J'aime bien le Big Tasty. C'est le seul sandwich de chez Macdo avec de la vraie mayonnaise et pas une sauce spéciale. Je déteste les sauces spéciales.

C'est impossible de représenter la simultanéité en littérature ou au cinéma, vous pouvez essayer tant que vous voulez. « Pendant ce temps-là, au ranch », ça ne marche pas. Les split screens, c'est pas vraiment ça. En fait, je préfère encore « Pendant ce temps-là ». Mais il faut avouer que *Rashōmon* s'en sort pas mal.

C'est compliqué de percevoir le sens des choses. Si un chien errant arrive et s'arrête tout près de moi – disons, dans le même plan – alors que j'attends le bus : est-ce que ça a une symbolique ? Est-ce quelque chose de complètement aléatoire ? Est-ce que ça a une signification ? Est-ce que le chien va vivre ou mourir ? Est-ce qu'on s'en fout ?

Elle a commencé à se ronger les ongles. Eh bien, tant pis. Elle m'a demandé de ne pas mal le prendre. Elle m'a dit qu'elle était sous pression au boulot.

Je coupe des fleurs dans le jardin de mon voisin – sans sa permission – et je les mets dans un vase sur la table de la cuisine. Elles commencent à faner presque tout de suite. Elle fait semblant de ne pas le remarquer.

Je n'aime pas les dératiseurs. À l'exception de William Burroughs. Lui, je l'aime bien, mais il est mort à présent. Quand nous avons une infestation à la maison – quelle qu'en soit la nature : termites, fourmis, rongeurs – je me défends dur comme fer d'appeler l'entreprise de dératisation.

J'aime les trains et les gares. Ils s'opposent à la perfection. J'aime à la fois le couple d'étudiants blottis l'un contre l'autre dans ce coin, l'un des deux sur le point de partir, et l'homme au caddie, avachi sur un des bancs de la salle d'attente à dormir. C'est tellement différent de l'aéroport, ou même d'ailleurs du cabinet dentaire.

J'aime de plus en plus ses ongles rongés. Je commence par sucer le bout de ses doigts et puis je mordille ses cuticules. Elle ronronne quand je fais ça.

Les ongles de ses orteils sont toujours longs. Je ne dis rien, mais je suce aussi ses doigts de pied. Elle a l'air d'apprécier.

J'ai six messages sur mon répondeur. Tous sont silencieux, aucun mot n'est prononcé. Le bip, le léger sifflement, le bruit sec quand on raccroche. C'est tout. Même pas la douce modulation – ou l'hésitante nervosité, selon l'expérience – de la voix d'un télévendeur.

***

Matin, midi et soir. Je ne fais pas bien la différence.

Je suis seul, et je me sens seul. On s'est éloignés.

Je veux un autre verre, mais je ne veux pas que vous me preniez de haut, que vous compatissiez, que vous vous apitoyiez sur mon sort, que vous me jugiez ou que vous me recommandiez un groupe d'entraide.

À vrai dire, je vous emmerde. Allez vous faire foutre !

Les antojitos, c'est la plus élégante des nourritures. Vous n'avez pas besoin de couverts. Tout est roulé et vous pouvez les manger tout entiers avec vos doigts. J'adore ça. Je ne mange que dans des restaurants mexicains. J'aime te regarder manger avec des ongles rongés.

Nous sommes tous séparés les uns des autres. Le désir est quelque chose de naturel.

Je vais au King Eddie Saloon à Skid Row pour draguer. La plupart des filles sont des clochardes. Je m'en fous. Je m'en fous complètement.

16b. Au cordeau

1. On tire sur les lampadaires et on démolit les panneaux. On n'aime pas les étrangers.

2. Il est entré dans le bar ; il n'en est jamais sorti. On a le pognon.

3. On aime bien se voir à la télé.

4. On opère dans un espace restreint. Le peu d'éclairage étire les ombres comme des cure-dents. On est tous habillés pareil. On a jamais eu de boulot à plaquer.

5. Nos parts diminuent. On se rend bien compte qu'on doit s'adapter à notre environnement. On espère et on prie pour qu'il n'y ait pas de grands changements.

6. « Hé, je t'avais dit de pas déconner avec tes cheveux. »

17a. Casper

Il n'entendait rien parce qu'il était sourd et c'est pour cette raison qu'il n'a pas entendu les coups de feu ni les sirènes de police. Il n'a pas été blessé, mais il a été arrêté.

Il l'a rencontrée dans un bar.

Elle ressemblait comme deux gouttes d'eau au Dahlia noir.

Sa précédente petite amie avait une nuque longue. Il l'avait draguée, non pas malgré mais à cause de sa coiffure.

Les cheveux du Dahlia noir étaient volumineux – à la Jackie Kennedy, période pré-Jackie-O.

Il est sorti du bus à un arrêt, dans une ville qu'il ne connaissait pas.

Exprès.

En fait, il a été retenu, et non pas arrêté. Il ne connaissait pas l'identité du cadavre.

***

Il a trouvé un boulot dans un stand de tir, ce qui était parfait puisqu'il n'entendait rien.

Le propriétaire a dit qu'il allait demander à être exonéré des cotisations sur l'assurance accident du travail parce qu'il n'encourait aucun risque – au moins au niveau des oreilles.

Il a dû passer un interrogatoire à la police avant d'être embauché. Ils ont mentionné son arrestation lors de la fusillade mais ça n'a eu aucune incidence parce qu'il n'a jamais été accusé de quoi que ce soit.

***

Dans les bars sombres de Cahuenga, il ne pouvait pas voir le Dahlia noir dans la pénombre, mais elle était là.

À Sparkling Laundroland, il lui a demandé comment elle s'appelait.

– Elizabeth, elle a répondu.

Effrayé, il s'est éloigné sans un mot.

Est-ce qu'elle savait ? il s'est demandé.

Il était sûr d'avoir bien lu sur ses lèvres.

Il faut signaler qu'elle le trouvait mignon avec son look à la David Bowie époque Ziggie Stardust.

***

Des pigeons volaient, entrant et sortant de l'entrepôt abandonné.

***

Environ une semaine plus tard, il suit le Dahlia noir au Laemmle du Sunset où elle va voir un film toute seule.

Dans l'obscurité, d'une façon anonyme et qui ne lui ressemble pas, il lui met une main au cul alors qu'elle descend l'allée. Elle sursaute, surprise, mais elle ne sait pas qui c'est. Il s'éloigne rapidement. Pour ne pas attirer l'attention, il reste pendant toute la projection bien qu'il n'entende pas le film.

Sur le chemin de la sortie, en silence, il la prend par la main. Ils vont dans un bar à Koreatown, sauf qu'il n'y a aucun Coréen à l'intérieur. Les gens sont soit très grands, soit très petits. Lui et le Dahlia noir sont les seules personnes de taille normale là-dedans, bien qu'elle soit limite, environ un mètre soixante. Les murs du bar sont peints en rouge vif et en jaune brillant et les spots sont dirigés directement sur les murs colorés, mais ni vers le sol ni vers le plafond, ce qui donne l'impression que le bar est penché. Les boissons des gens sont toutes vert clair. La musique est norteña bien que la clientèle ne soit pas latina. Il s'assoit avec le Dahlia noir sur une banquette en cuir noir au fond du bar et ils se pelotent pendant deux heures sans échanger un mot. À minuit, il lui trouve un taxi.

17b. Ricky et Sharon

L'air de la nuit collait à la peau comme une toile d'araignée. Les réverbères se dressaient sur le trottoir tels des sceptres tenus par des mains illuminées. La boîte aux lettres de la rue se tenait sur son flanc et elle avait été bombée à la peinture noire. Le vent charriait des odeurs d'ordures et de graisse brûlée. Des griffes de chats avaient percé les sacs-poubelles laissés sur le bord du trottoir et leur contenu s'étalait dans le caniveau, papiers et os de poulet, canettes et mégots de cigarettes.

Les motos étaient alignées devant le Katie's. Le bar était au fond d'une impasse sombre, niché parmi les usines fermées et les boutiques abandonnées. Tous les bâtiments étaient maculés de graffitis ; la chaussée recouverte de bris de verre. À l'intérieur, des gens jouaient au billard et regardaient les informations. Poz, Paul et Ricky voulaient s'occuper de Sharon.

– Tu sais, y avait ce truc sur les ours polaires sur National Geographic, a dit Jack. Avec Doris, on a regardé ça hier soir.

– C'était bien ? a demandé Ricky.

Il a attrapé le cul de Sharon. Elle lui a envoyé une bonne gifle. Il a rigolé.

– Vous avez vu ça ? il a dit.

– Ils sont hallucinants, a poursuivi Jack. Quand ils vont se pieuter pour l'hiver, ils construisent des igloos. Ils les gardent à une température constante de 1,5 degrés. Si la température baisse, ils se réveillent et ils les reconstruisent.

– Sharon, quand est-ce qu'on baise ? a demandé Ricky.

Elle a renversé son verre sur sa tête. Sharon et lui avaient rompu six mois plus tôt.

Deux autres femmes mettaient de l'argent dans le juke-box. Quand Sharon est revenue des toilettes, Paul l'a appelée pour lui dire :

– Sharon, Jack, écoutez : j'ai une proposition à vous faire. Je vous donne vingt dollars à chacun si tu laisses Jack te brouter le minou ici, sur la table de billard. Qu'est-ce que vous en dites ?

– Je suis un homme marié, a dit Jack.

Les autres gars se sont marrés.

– Jack n'est pas chaud. C'est pas une putain d'ourse polaire, a lâché Ricky.

Ils se sont encore marrés.

– Fais voir le pognon, a dit Jack.

– Hé Sharon, et toi ? a demandé Paul. Qu'est-ce que t'en dis ? Tu vas pas laisser Jack se lécher tout seul.

– Deux cents dollars, elle a fait. Si vous les avez pas, les autres ont qu'à raquer.

Sharon faisait une partie de billard pendant que Paul faisait la tournée du bar pour récolter l'argent.

– J'ai cent soixante billets, a dit Paul.

Il a montré l'argent à Sharon. Elle le lui a arraché des mains.

Elle a enlevé ses chaussures à talons et elle a déboutonné son jean. Ses pieds étaient blancs, les ongles de ses orteils, rouges.

– Retire-moi mon froc, Jack.

Jack a tiré d'un coup sec sur son pantalon puis elle l'a complètement enlevé. Elle a passé sa main sur son entrecuisse et elle s'est retournée pour montrer son cul nu aux gars. Ils ont sifflé et poussé des hurlements.

– Fais-moi voir ta langue, elle a dit à Jack.

Il a tiré la langue avec suffisance.

– Belle et longue, elle a dit.

Les cris ont redoublé. Ricky a payé un coup à tout le monde. La respiration de Poz était forte et saccadée.

Sharon a grimpé sur la table de billard, a calé ses orteils dans les trous et a écarté ses jambes, les genoux en l'air. Jack s'est accroupi devant le bord étroit de la table, a posé son menton contre le feutre et a commencé à lécher. Elle lui a passé les ongles dans les cheveux et le long du cou. Ricky, Paul et les autres types se sont agglutinés autour de la table en se poussant. Poz observait attentivement ce qui se passait sous ses yeux, silencieux. Sharon tenait les cent soixante dollars fermement serrés dans sa main gauche.

– Plus fort, Jack, elle a dit. Lèche-moi fort. Suce-moi ; mords-moi. Allez.

Ricky a dit :

– Hé Sharon, je te file vingt dollars pour passer après.

– Va te faire foutre, elle a lancé.

Elle a commencé à gémir et à tirer les cheveux de Jack, en tenant sa tête encore plus fermement contre son entrejambe.

– Hé regardez, a dit Paul. Elle est en train de jouir.

Ricky s'est frayé un chemin au milieu des autres types et il a poussé Jack de là. Il s'est accroupi et il a sorti sa langue. Sharon s'est levée sur la table et elle lui a décoché un coup de pied.

– Jack, oui ; toi, c'est non, connard, elle a dit.

Jack a bondi sur ses pieds. Il a envoyé une droite à Ricky et c'est devenu la folie, tout le monde faisait tournoyer des bouteilles et des queues de billard et se battait devant les bornes d'arcade.

Ricky était au sol, et Sharon, toujours nue des pieds à la taille, s'est penchée sur lui et lui a méchamment griffé le visage avec ses ongles longs.

Il a crié :

– Je t'aurai, salope.

Jack l'avait cloué au sol et continuait de le rouer de coups.

Sharon a enfilé son pantalon et puis ses chaussures. Elle a écrasé son talon aiguille sur le visage de Ricky avant de se diriger vers la porte.

– Au revoir, Ricky chéri, elle a dit.

Poz était furax. Il voulait passer en deuxième sur Sharon. Ça faisait si longtemps qu'il voulait la baiser – elle ou n'importe qui d'ailleurs.

18a. Comportement à risque

Gail et Tom s'étaient disputés. Quand ça a été fini, elle a tenu à sortir le chien à minuit, un projet clairement risqué. Tom a plaidé contre, à grand renfort de cris.

– Je déteste quand tu fais ça, il a hurlé. C'est comme ça que tu me punis ? En te mettant en danger !? Tu veux me faire crever d'inquiétude ?!

Elle est allée chercher la laisse sans rien dire.

Il a continué de crier :

– Tu déconnes, Gail !

« C'est dangereux !

« On est à L.A. ; pas au fin fond du Maine !

Gail l'a ignoré, est sortie quand même, en colère, en claquant la porte derrière elle. Elle a marché à vive allure et pendant longtemps.

Tom a allumé la télévision. Les émissions de fin de soirée étaient barbantes. Il s'est endormi devant Conan O'Brien.

Elle avait fait un grand tour histoire de se calmer. C'était une nuit fraîche et sans nuage. Jason, le chien, était sage. Elle commençait à retrouver le moral. Au moment où elle s'est rendu compte que Tom allait vraiment être inquiet, elle était à plus de quinze minutes de la maison, et en marchant à un bon rythme.

Gail a immédiatement fait demi-tour et s'est pratiquement mise à courir. Elle respirait fort quand elle est arrivée à leur porte en haut des escaliers. Jason s'est mis à aboyer. Alors qu'elle cherchait ses clefs, Jason a ouvert la porte en la poussant avec son museau. De rage, elle avait oublié de fermer à clef quand elle était sortie. C'était leur accord : celui qui sortait en dernier devait s'occuper de fermer à clef derrière eux. Mais son erreur avait du bon. Elle estimait qu'elle allait pouvoir s'excuser pour la porte, et que ça allait peut-être déclencher les réconciliations.

Mais la maison était en vrac, des objets éparpillés partout sur le sol, un désastre complet. Elle ne voyait son mari nulle part.

– Tommy, mais bordel, qu'est-ce que t'as encore foutu ? elle a crié.

Il avait déjà cassé des trucs sous le coup de la colère, mais jamais comme ça, et ça s'était passé des années auparavant. Ce soir, le salon était saccagé, complètement bousillé. Gail s'est mise à pleurer.

Ce n'est que petit à petit qu'elle s'est rendu compte que quelque chose de plus grave s'était passé. Alors qu'elle balayait le salon du regard, elle s'est aperçue que la télévision, la chaîne stéréo et une statuette en argent avaient disparu. Les lampes et leur collection de verroteries étaient cassées, et il y avait du sang sur le sol, plus de sang qu'on en perd quand on se coupe avec un éclat de verre. En fait, des mares de sang traversaient le salon, le bureau et menaient jusqu'à la cuisine où se trouvait le téléphone mural.

Gail a hurlé avant même de voir le corps. Tom était par terre, dans la cuisine, tailladé, couvert de sang, le téléphone à la main, manifestement mort. Gail était paralysée. La police est arrivée en moins de cinq minutes. C'était un quartier agréable de l'ouest de

Los Angeles ; le LAPD intervenait rapidement. Tom avait dû réussir à les joindre parce qu'elle n'avait rien fait.

Quand elle a vu les flics, Gail a crié :

– C'est pas moi, j'ai rien fait !

– Détendez-vous, madame, a dit le sergent. On sait que ce n'est pas vous. Votre voisine vous a vue dehors avec votre chien et elle a vu des hommes partir de chez vous en voiture. C'est un vol avec violation de domicile. C'est comme ça que ça s'appelle maintenant. Ça devient de plus en plus fréquent.

Le sergent a marqué un temps d'arrêt.

– Je suis désolé pour votre mari, il a fini par dire.

Gail ne s'est pas couchée de la nuit. Le coroner est venu pour le corps de Tom. Ils allaient le garder pour l'examen médico-légal, pour pratiquer une autopsie. Des inspecteurs allaient venir chercher des indices. La police est venue pour relever les empreintes digitales et rassembler des preuves. Les voisins, eux-mêmes effrayés, sont venus réconforter Gail. Ils ont amené à manger, même si c'était le milieu de la nuit. Ils l'ont incitée à passer la nuit chez eux ou à aller chez sa mère ou à l'hôtel. Gail a refusé. Elle leur a dit qu'elle voulait être toute seule. Elle voulait être chez elle. Il devait être cinq heures du matin. Enfin, tout le monde est parti.

Avant de monter dans sa chambre, Gail a vérifié la porte de devant – une fois, deux fois, trois fois, peut-être plus – pour s'assurer qu'elle n'était pas fermée à clef.

18b. Tout va bien : les années Clinton

Nous habitons près de Vermont, la nouvelle rue branchée de L.A. ; Vermont a remplacé Melrose où il n'y a plus que des touristes à présent. Ça fait longtemps que nous habitons là.

Ma femme et moi, nous nous garons derrière l'Église de la Science Chrétienne, qui était auparavant une banque. Le salon de tatouages Funny Farm est encore ouvert. Tous mes tatouages ont été faits avant qu'ils s'installent dans le quartier, mais les gens disent qu'ils font du bon boulot. Vanda me dit : « Je vais peut-être y aller. Je veux un truc sur le mollet. » Je suis surpris parce qu'elle a déjà quatre tatouages et qu'elle m'a toujours dit que quatre, ça suffisait. Je veux qu'elle en ait plus alors je la boucle pour éviter de l'en dissuader.

Sur le chemin du ciné, nous nous arrêtons à l'Onyx pour prendre un café. Bien que nous soyons au mois de mai, comme plus tôt dans la journée, il a vachement plu, il fait à peine 10 degrés dehors. Il y a encore une belle brume dans l'air vif. « Il ne pleut pas assez pour s'embêter avec un parapluie », dit Vanda. Je ne dis toujours rien. Sur la terrasse, ça sent les cigarettes aux clous de girofle. Nous allons à l'intérieur.

L'Onyx organise des expositions. Il y a des poupées Barbie détournées un peu partout – une Barbie vaudou, une Barbie vampire, une Barbie dans un cercueil. Alisa travaille au comptoir. Elle a trente-et-un piercings. J'ai eu l'audace de lui poser la question un jour. « Autant que de parfums de glace chez Baskin Robbins, » elle a répondu.

Alors que nous sortons, un SDF se tient là dans le froid, sans chaussures ni manteau. Il est enroulé dans une fine couverture bleue. Il est sous l'auvent d'une friperie fermée pour éviter le crachin.

Il nous dit bonjour et Vanda et moi, nous lui parlons tous les deux. Nous nous arrêtons pour discuter ; nous avons une conversation de deux-trois minutes, peut-être plus, alors qu'elle ne concerne principalement que la météo. Pour une raison que j'ignore, nous lui disons que nous allons voir *La Prisonnière espagnole*. Il hoche la tête. Nous lui disons au revoir.

– Il doit se geler le cul, me dit ma femme.

– Putain de réforme du système de protection sociale, je lâche.

C'est Phil Ochs qui avait raison. Je déteste les libéraux. Tout ce qu'ils font, c'est parler. Si aujourd'hui notre génération est finie, au moins dans les années soixante, on s'est bougés. On est descendus dans la rue. Je pense à tout ça pendant que Vanda et moi marchons en silence. L'ironie, ce n'est pas notre fort.

Je m'arrête pour regarder dans la vitrine de la librairie. Le flyer scotché sur la porte dit qu'il y a une lecture sur « les primitifs modernes » vendredi prochain.

– Regarde, je fais.

– Dépêche-toi, me dit Vanda. On va rater le début du film.

Par pure coïncidence, nos voisins Andy et Sindy se trouvent dans la queue du Los Feliz 3. Andy écrit dans *LA Weekly* ; nous lui parlons du sans-abri qui était près de l'Onyx.

– On devrait peut-être tous adopter un SDF, dit Sindy.

Après le film, nous restons un peu pour parler un moment avec Andy et Sindy. Nous analysons le film. Je n'ai pas vraiment envie d'inviter nos voisins à boire un verre. J'ai envie d'emmener Vanda au Dresden, mais pas les autres.

Il bruine toujours.

– Je commence à avoir froid, annonce Vanda.

– On va devoir y aller, je dis.

– On pourrait manger ensemble un de ces soirs, propose Sindy.

– On est garés derrière la poste, dit Andy, en montrant le nord et l'ouest.

– Nous, on est par là, je dis en montrant le sud.

Nous disons au revoir à nos voisins. Nous ne mangerons jamais avec eux.

À l'extérieur de l'Onyx, l'homme est toujours là. Ma femme frissonne. Elle me regarde. Je farfouille dans mes poches. Je trouve un dollar. C'est le moins que je puisse faire.

Je lui tends le billet.

– Vous avez besoin d'aide ? je lui demande.

– Non, il répond.

Il sourit. Il est aimable, mais ferme. Il me regarde dans les yeux.

Je tends un peu plus la main.

– Allez-y ; prenez-le, je dis.

– Ça va, il répond – sèchement cette fois-ci, je trouve.

Je reste planté là un instant, l'air stupide. Je ne pense pas qu'il me voit aussi bien que je le vois. Heureusement.

Je retire ma main en silence. Je ne sais pas quelle est l'expression de mon visage. Je connais la sienne ; je m'en souviens.

Je replie le dollar dans ma main, prêt à le remettre dans ma poche.

Vanda me regarde. Elle était là tout du long. Elle me regarde, c'est-à-dire qu'elle ne regarde pas le SDF. Avant que je remette l'argent dans mon pantalon, Vanda s'en empare. Elle le tend ostensiblement au SDF. Il ne l'attrape pas. Sous la pluie et l'éclairage du réverbère, je regarde le billet tombé par terre en tourbillonnant. Aucun de nous trois ne se baisse pour le ramasser. J'entends Vanda soupirer. Le sans-abri a respiré profondément du début à la fin. Je ne me rends pas compte si moi-même, je produis un bruit particulier.

Vanda tourne les talons et commence à marcher vivement vers le parking de l'Église de la Science Chrétienne où notre voiture est garée. Cinq dollars pour toute la nuit. Bon plan, et l'église doit quand même se faire pas mal d'argent parce que le parking est toujours plein. Je quitte le clochard des yeux pour regarder Vanda. Son cul se balance joliment dans son jean noir moulant. Elle marche devant, plus vite que moi, et je la suis. Nous allons à la voiture. Je regarde par-dessus mon épaule comme Orphée. L'homme ne se change pas en statue de sel. Je ne peux plus proposer à Vanda d'aller au Dresden écouter Marty et Elayne autour d'un verre. Elle marche vraiment très vite. Elle m'attend à la voiture, mais la soirée est terminée – la soirée et peut-être bien d'autres choses encore. Ça, c'est certain.

19a. Scarlett Jo

Le groupe joue. Ils sont assis au bar. Ils sont l'un en face de l'autre ; ils ne font pas face au groupe. Il y a de l'amour entre eux, mais pas ce genre d'amour.

Le groupe joue fort et ils ne peuvent pas s'entendre, mais ce n'est pas grave.

Le temps passe.

Ils prennent un autre verre et encore un autre.

Ils ont choisi cet endroit pour se retrouver.

Elle est blonde ; il est brun.

Le groupe fait un rappel.

Ils veulent tous les deux devenir peintres et ils ont parlé d'art : Jean Dubuffet et Basquiat, la rétrospective John Currin au Whitney, et la prochaine biennale.

On pourrait croire qu'ils ont parlé de tout ça, mais en vrai, ils ne peuvent pas s'entendre. Alors, c'est difficile à dire.

Ils sont prêts pour une autre tournée.

Ils s'embrassent entre les morceaux et pendant les morceaux.

L'endroit a l'éclairage de Ziggy Stardust, bien que la musique soit du punk anglais rétro. Peut-être qu'ils auraient dû aller dans une boîte de jazz, mais ce n'est pas grave.

Ils n'ont plus le temps de commander un dernier verre et les lumières se rallument.

Le barman leur offre une tournée.

Il la raccompagne à sa voiture.

19b. Viré

C'est un plan à la con dans un bar. Elle est trop mignonne, elle ne me voit même pas. Elle sert au comptoir et le bar est blindé.

Ce type arrive. Il fume un cigare. C'est la Nouvelle-Orléans. D'entrée, je sais que c'est un connard. Il confirme l'hypothèse. Il claque des doigts pour attirer l'attention de la serveuse.

Je réagis direct. Je cogne le type – fort.

La bagarre se poursuit dans Bourbon Street. Il saigne. Pas de flics en vue. Le videur nous sépare et ce connard s'éloigne. Puis il commence à me dire des saloperies, par-dessus l'épaule. Je lui réponds en gueulant et je fais un pas en avant dans sa direction. Ses potes le poussent plus loin dans la rue – l'éloignent de moi. J'ai encore les boules.

Quand j'essaie de retourner dans le bar, le videur me refoule. Je suis viré, j'y crois pas. La serveuse va penser que je ne suis qu'un connard de plus. Elle ne saura jamais pourquoi j'ai fait ça – pour elle.

20a. The Red Lion Tavern

Putain, le niveau des conversations… Je ne sais pas de quoi les gens peuvent bien parler – de leur chien, de leurs cheveux ou de quelle autre connerie ? Je vois cette meuf qui me fait craquer. Je crois qu'elle me déteste. Je suis marié et elle le sait, et je crois qu'elle pense que je suis une ordure, mais ce soir, je me suis engueulé avec ma femme, alors rien à foutre…

Il y a tout un putain de groupe au bout du bar qui commande des Jägermeister, boisson que je déteste, mais – encore une fois – rien à foutre. Je leur paie une tournée. À partir de là, ils veulent me parler, mais moi, je n'ai pas envie de parler avec eux, alors je suis coincé. Je suis au milieu de ces huit personnes qui boivent des shots et je n'arrive plus à voir cette fille que j'aime bien. Enfin, elle traîne peut-être à l'étage – il y a aussi un bar là-haut. Du coup, faut que j'attire l'attention, mais je ne sais pas trop comment. Je veux qu'elle me voie, qu'elle me remarque, qu'elle m'accorde son attention. Je bois un verre de Jägermeister, ça a le goût de sirop pour la toux. Puis je repaie une tournée. Il y a ce type qui n'arrête pas de m'appeler « mon pote ». Il est plutôt sympa, mais ça commence à me gonfler. Je ne vois toujours pas cette fille.

Les toilettes sont à l'étage, alors peut-être que si je monte pisser je vais la croiser là-haut. Par contre, c'est pitoyable. Ça donne l'impression que je lui cours après et ça, c'est pas bon. Et puis, qu'est-ce que je lui dirais : « Oh, fallait que j'aille aux chiottes ? » Alors je reste en bas, et la serveuse n'arrête pas de me dire que je devrais acheter une chope de bière peinte à la main pour cent billets. Je me dis, merde, ça ferait un chouette cadeau pour cette fille. Mais je ne sais même pas où elle traîne en ce moment, ce qui ne m'empêche pas d'acheter une de ces chopes super chères à la serveuse. C'est peut-être le hasard, mais depuis peu ma carte de crédit est plafonnée à environ 200 dollars.

Je me dis que si je veux cette fille, je ferais mieux de faire quelque chose d'un peu plus efficace. Sans trop tarder. Genre, maintenant. Il y a ce type – mon copain maintenant que je lui ai payé deux verres – qui n'arrête pas de m'appeler « mon pote ». Ça me gave. En fait, je ne peux pas l'encadrer. Alors, je pense à un truc. J'ai un grand couteau dans mon futal. C'est là que je le garde. Tout le temps. Donc, j'attends que le type m'appelle encore une fois « mon pote » – c'est un peu un prétexte – et je le plante pour de bon. Le sang afflue ; la foule afflue. Elle descend. Avec tout le monde. Pour voir d'où vient toute cette agitation. Ce n'est qu'un visage dans la foule, mais elle a ce regard. Les flics arrivent. Bien entendu, ils m'embarquent les menottes aux poignets. Je ne nie rien. Les faits sont clairs, il y a des témoins. Je l'ai fait sans me cacher. Évidemment. Je voulais qu'elle me remarque.

Je la vois me faire un signe de la main quand les policiers m'emmènent.

20b. Je suis pas une balance

Il avait un flingue, et il me montrait son flingue, mais il ne me visait pas.

Il m'a dit qu'il allait braquer le magasin d'Al.

Je détestais Al. Il nous arnaquait tous. Sept billets pour un paquet de cigarettes. Quand partout ailleurs, c'était cinq. Trois billets pour une grande bouteille de lait. C'est du foutage de gueule, sans déconner !

– Tu vas te faire choper.

– J'ai besoin du fric.

Il s'est arrêté.

– Je vais devoir te tuer, il a repris.

– Pourquoi ?

– Parce que tu sais.

– Oh, je vais rien dire à personne.

– T'es sûr ? il m'a demandé, en fronçant du nez cette fois-ci.

– Bien sûr que non, j'ai dit sur un ton rassurant, même si j'étais pas sûr de savoir ce que voulait dire « non » dans ce contexte.

Il a réfléchi un moment et puis, sans un mot, il est sorti en courant de mon atelier.

Je n'ai rien fait. Je n'ai appelé personne – ni les flics, ni ma copine, personne.

Le lendemain dans le journal, j'ai vu qu'il était en taule.

Je savais qu'il penserait que j'y étais pour quelque chose. Putain, j'ai dit à voix haute.

J'ai appelé Tina, ma copine, et je lui ai dit ce qui s'était passé et j'ai ri.

Elle a pensé que j'étais dérangé.

Après ça, j'ai appelé le commissariat tous les jours pour savoir quand est-ce qu'il allait sortir de prison.

21a. Teléfono

Je ne parlais que l'anglais quand je suis entré dans le taxiphone ; en sortant, je parlais aussi espagnol.

Il y avait à peu près cent personnes là-dedans quand je suis arrivé. Au début, ça ne m'a pas plu, mais il y avait suffisamment de téléphones et je me suis habitué.

C'était un jour pluvieux et tout le monde avait besoin de passer un coup de fil. Le taxiphone était aussi grand qu'une vitrine de concessionnaire, mais il était quand même plein à craquer. J'ai pris un des deux seuls téléphones disponibles. Les appareils étaient accrochés au mur à seulement quinze centimètres les uns des autres. Il y avait beaucoup de promiscuité, mais ma conversation n'était pas privée. J'entendais si je me bouchais l'oreille gauche. J'ai des grandes oreilles et, au lycée, on se moquait de moi. Aujourd'hui, pour les cacher, j'ai les cheveux longs. Au lycée, mes parents me forçaient à les couper. J'ai ramené mes cheveux en arrière pour m'enfoncer le doigt dans l'oreille. Comme ça, j'entendais bien. J'ai une bonne ouïe. Ça m'a bien aidé et ça m'a aussi joué des tours, comme cette fois-là. Et même si j'entendais bien le standardiste à l'autre bout du téléphone – j'avais besoin d'un taxi – c'était dur de supprimer le bruit de fond. Malgré tout, j'entendais bien. Plus tard, quand je suis arrivé chez moi, j'ai dit à ma femme que j'entendais bien. Bien sûr, je lui ai dit en espagnol, une langue qu'elle ne parle pas alors elle a fait une drôle de tête.

« Qu'est-ce que tu dis, chéri ? » elle m'a demandé. C'était plus tard. Bien plus tard. Quand je suis rentré à la maison.

21b. Incident à la pompe

C'était la mi-juillet ; il faisait plus de 30 degrés ; c'était la panique, et les gens ont commencé à se comporter comme des fous. On aurait dit que, d'un seul coup, plus personne ne savait conduire. Les voitures arrivaient aux pompes de toutes les directions et elles s'arrêtaient n'importe comment. C'en est arrivé au point où tu ne pouvais plus entrer ni sortir. Tu avais fini de te servir et t'étais coincé. Les gens klaxonnaient. Les esprits s'échauffaient. J'ai dû jouer au gendarme : diriger la circulation, régler les conflits, endiguer la violence.

À un moment, j'ai commencé à être dépassé. Le type en Buick – est-ce que j'ai fait son niveau d'huile ou non ? La femme en Jeep – est-ce que j'ai lavé ses vitres ? La punkette au libre service avait carrément un beau cul. Puis j'ai été retenu un moment à négocier avec un snob en Boxster. Il ne voulait pas reculer pour laisser sortir une femme en break Volvo. Elle avait trois gamins qui hurlaient dans la voiture, et elle criait sur ce con, mais il ne voulait pas bouger. Je lui ai crié dessus moi aussi. Il a menacé de se plaindre à la direction. Je lui ai dit d'aller se faire foutre, mais en lui remettant un chèque-cadeau de vingt dollars d'UNOCAL et il a dégagé sans dire un mot, le sale crevard. De toute évidence, je commençais sérieusement à m'énerver, mais je pensais toujours avoir les idées claires. J'avais tort.

C'était aux infos. Je me souvenais de la voiture, une vieille Chevrolet Malibu violette. En plus, le type était vraiment sympa. En pleine pagaille, il m'a dit de m'accrocher. Je l'ai remercié et je suis parti en courant demander à un mec en pick-up de baisser sa musique ; ça m'empêchait de réfléchir. La situation était déjà assez embrouillée comme ça. Il a été conciliant. Quand je me suis retourné le type en Malibu avait disparu. J'avais fait ses niveaux. Je n'étais pas sûr d'avoir fini. Mais sûrement que si… Il était parti. Channel 13 a annoncé qu'un jeune acteur – je n'ai pas saisi son nom, mais sa tête me disait quelque chose – était en train de rouler sur la 10 quand son capot s'est brusquement relevé. Il avait essayé de se déplacer de la voie de gauche à la bande d'arrêt d'urgence, mais sans aucune visibilité, il a percuté une passerelle en béton. Mort sur le coup.

22a. Évacuation du corps

Le corps est là, sur la chaussée, au vu de tous.

J'imagine l'histoire de sa mort. C'est horrible – évidemment.

Dans la première version, il se fait poignarder. Option numéro deux : il se fait tirer dessus. Sinon, c'est une mort accidentelle quelconque. Une valeureuse tentative de sauvetage qui a échoué. Je connais son histoire, sa vie. Je suis sûr de moi. Les flics sont là – en force. Ils ignorent tout. J'accumule les détails. Je suis au point à présent.

C'est un corps anonyme : « Inconnu », note la police. Ils me disent de m'en aller. Je ne me laisse pas faire. Je leur dis que je veux rentrer chez moi, même si ce n'est pas vrai. La police me barre le passage. J'affirme que je devrais pouvoir passer. En vain. Ils me disent qu'ils mènent une enquête. Un éventuel homicide. Ils me disent qu'ils refoulent tout le monde, pas seulement moi. C'est vrai. Il y a des barrières de police. La rue est complètement bloquée. J'abandonne. Je ne leur dis pas ce que je sais. Je n'y vois plus rien. Je m'en vais sans plus attendre. Je me dirige vers le bar le plus proche. Je me bourre la gueule. Je traîne sur place. Je regarde la télé. C'est officiel. Il n'y a pas d'homicide, pas de mort, pas de meurtre, pas de mourant. Rien du tout.

22b. Les courses

J'avais grimpé quatre étages, deux sacs de courses à la main. Je suppose qu'il devait m'attendre sur le palier. J'ai attrapé maladroitement mes clefs et – déséquilibré – j'ai ouvert la porte. Il m'a poussé à l'intérieur. Je suis tombé et les courses se sont répandues dans mon petit hall d'entrée. Le verre s'est cassé et les conserves ont roulé. Il a fermé à clef derrière nous.

J'ai essayé de me relever mais il m'a repoussé par terre, la tête la première contre le sol en lino. Je suis assez costaud, mais il était plus fort que moi. Il m'a attaché les mains derrière le dos et il a baissé mon pantalon. Il m'a demandé de ne pas crier, et pour une raison quelconque, j'ai obtempéré. Il bandait déjà. Je sentais sa bite toute raide contre mes fesses alors qu'il cherchait à me pénétrer. Je n'arrivais pas à bien le voir ; si je tournais la tête, il me giflait. Je fixais le tas de courses qui jonchait le sol. Une orange avait roulé jusqu'à mon visage où elle s'était immobilisée. Il me baisait avec brutalité. D'abord, j'ai grimacé de douleur, puis je me suis détendu. Ça lui a pris environ dix minutes pour éjaculer en moi.

On n'a pas fumé de cigarette après l'amour. Il a remonté sa braguette, il m'a à moitié détaché – de manière à ce qu'il me reste encore un effort à fournir pour me libérer, puis il est sorti en courant.

Une voisine avait entendu le boucan. Elle se tenait devant ma porte quand il a ouvert. Il l'a écartée de son chemin et il s'est précipité dans les escaliers.

Elle est venue me réconforter. C'était une vieille dame originaire de Russie.

– Oh, mon pauvre chéri, elle n'arrêtait pas de me dire.

Apparemment, il y avait une voiture de police dans les parages. Ils l'ont attrapé juste devant l'entrée de l'immeuble.

Ma copine m'a rejoint au commissariat. Après une discussion animée, j'ai finalement refusé de porter plainte. Elle m'en voulait carrément. Je lui ai dit que je voulais être seul. Je suis rentré sans elle. J'ai ramassé et rangé les commissions qui étaient encore intactes puis j'ai balayé le verre cassé.

Deux jours plus tard, je l'ai trouvé assis au bar du coin.

Je lui ai posé des questions sur l'agression.

Il m'a expliqué qu'il m'avait aperçu plusieurs fois dans le quartier, que j'avais commencé à l'obséder, qu'il voulait me connaître, qu'il voulait me baiser. Il m'a avoué qu'il m'avait suivi pendant une semaine ou deux. Peut-être plus longtemps. Quand il m'a vu entrer dans ce magasin ce jour-là, il s'est rendu à mon immeuble et il a attendu mon retour. Il allait me parler, mais il n'en a pas été capable. Il savait que je ne comprendrais pas. Il avait amené la corde juste au cas où…

Je lui ai payé un verre. On a bu rapidement. Il a payé la tournée suivante. Et ainsi de suite. J'ai pris sa main, je l'ai caressée. Ce soir-là, on est allés chez lui.

TROISIÈME PARTIE

Working Class Heroes

« *A working class hero is something to be…* »
John Lennon, *Working Class Hero*, 1970

Sans emploi

Il pensait que c'était une bonne idée d'emmener les enfants au cinéma, c'est donc ce qu'il a fait, mais quand il est arrivé sur place, il n'avait pas d'argent, alors il les a fait entrer en douce, puis lui, le père, s'est faufilé à son tour ; et il croit que l'ouvreur les a vus mais qu'il n'a rien dit – tout le monde savait pour les licenciements. Martha trouvait que les films étaient trop violents et que c'était de l'argent jeté par les fenêtres, alors elle ne venait jamais, et en fait, elle n'aimait pas qu'il emmène les enfants avec lui ; elle pensait qu'ils étaient trop jeunes, mais il aimait Clint Eastwood, et eux aussi, alors ils ont vu un film de l'inspecteur Harry. Un nouveau. Ils ont pu acclamer Harry quand il a tué le méchant, alors ils se sont tous sentis mieux pendant un court instant. En rentrant à la maison, c'était encore l'après-midi, il s'est arrêté boire une bière en vitesse pendant que les garçons l'attendaient dehors, patiemment, parce qu'ils avaient aimé le film, jouant à la balle et puis, au bout d'un moment, leur père est ressorti, en plissant des yeux parce qu'il faisait sombre dans la taverne et soleil dehors. Il n'était pas ivre ; il n'ajoutait qu'un verre à son ardoise à chaque fois, ne devait que six billets au patron. Il l'a dit aux garçons parce qu'il ne leur avait pas acheté de pop-corn et il pensait qu'ils devaient se demander pourquoi. La division semi-professionnelle était en train de disputer un match, et ils se sont arrêtés en chemin pour regarder quelques tours de batte ; un des types, le receveur, était vieux, plus de quarante ans, mais il avait joué longtemps chez les pros et, la plupart du temps, il faisait un home run. Ils n'ont pas été déçus. Il a envoyé une balle par-dessus la clôture, presque jusque dans le parking de la zone commerciale de l'autre côté de la rue, où se trouvaient quelques magasins de déstockage. Quand ils ont fait tourner le chapeau, le père a mis vingt-cinq cents ; c'était pratiquement tout ce qu'il avait, mais ça les valait bien. Ils ont repris le chemin de la maison, le soleil commençait tout juste à se coucher – pas de circulation, l'avenue silencieuse. Il voulait s'arrêter ailleurs pour boire un coup, mais il a résisté, le néon publicitaire d'une bière clignotait dans la vitrine alors qu'ils passaient devant ; son copain Joe travaillait là et il lui aurait sûrement offert un verre ; la prochaine fois, il a pensé. Les gosses voulaient une pizza du resto où les ados traînaient et écoutaient le juke-box – des grandes pizzas fines avec peu de croûte et tout un choix de sodas, mais il a dû leur dire non ; de toute façon Martha devait faire à manger. Les garçons n'ont pas fait la comédie et ils ont continué à marcher. Ils se sont arrêtés à l'église pour allumer un cierge, il s'inquiétait pour la santé de sa mère, et les garçons ont prié pour leur grand-mère, remarquant au coin de l'œil de leur père une larme qui ne coulait pas, et ils en ont déduit qu'elle était mourante, mais ils n'ont pas posé de question. Ils se sont signés avec de l'eau bénite en sortant.

Quand ils sont arrivés à la maison, il y avait du riz cuisiné Rice-A-Roni sur la cuisinière et les garçons se sont un peu plaints parce qu'ils en avaient déjà mangé la veille, mais leurs parents se sont dit qu'ils ne savaient pas ce que c'était que gérer un budget, alors ils ne leur ont pas fourni d'explications. Il n'y avait pas grand-chose de bien à la télé pendant l'été, seulement des rediffusions, alors ils n'ont rien regardé, même pas une bonne série policière qu'ils auraient pu facilement regarder une deuxième fois, ils ont donc joué aux petits soldats, jouant assez bien ensemble pour des frangins, pleurnichant un peu à nouveau quand ils n'ont pas eu le droit d'aller dormir chez un copain qui avait appelé trop tard et dont les parents avaient dit qu'ils allaient tous les emmener au parc d'attractions le lendemain matin, mais il n'y avait pas assez d'argent pour ça et ils ne pouvaient vraiment pas se permettre de demander aux parents de l'autre garçon de payer. Personne ne cherchait à savoir pourquoi papa n'allait plus travailler, ils aimaient bien qu'il soit là. De toute façon, il n'aurait pas su quoi leur dire et elle non plus, et malgré sa colère, comme au fond d'elle, elle ne le tenait pas pour responsable, elle n'arrivait pas à lui dire ce qu'elle ressentait. Insidieusement, des petites disputes embrasaient leur quotidien, comme autant de petits foyers incendiaires. C'en est arrivé au point où le matin, à la table du petit-déjeuner, elle lui mettait la page des petites annonces à sa place, et elle rangeait le reste du journal ailleurs, parfois même dans la salle de bain, pour le cacher, mais il mettait les annonces de côté et demandait la page des sports, alors, même si elle ne disait rien, elle faisait volontairement du bruit avec ses pieds quand elle marchait et entrechoquait bruyamment la vaisselle dans l'évier pour lui faire savoir qu'elle désapprouvait, ce qu'il faisait semblant de ne pas entendre tout comme il faisait semblant de ne pas la voir, mais il restait gentil avec les garçons, les emmenait au parc avec leurs balles de baseball, et s'arrêtait seulement à l'occasion boire une bière avec les copains en rentrant à la maison, ce qui ne gênait pas les garçons qui ne disaient rien à leur mère, même s'ils savaient que son ardoise dépassait maintenant les vingt dollars parce qu'il leur avait dit, parce qu'il fallait qu'il le dise à quelqu'un.

Un jour, des employés municipaux sont venus abattre les arbres qui s'étaient dressés dans la rue depuis que leur père avait acheté la maison, encore célibataire, vingt et quelques années plus tôt, et avant que les garçons soient nés, bien avant. Il s'est énervé et il a commencé à hurler sur les employés, et ils lui ont crié dessus, et il a encore plus gueulé, et puis il est sorti de la maison pour se battre, s'emparant de leurs outils et beuglant de plus belle. La police est venue mettre un terme à tout ça, et il était en colère contre Martha parce que c'était elle qui les avait appelés, voulant éviter qu'il s'attire de vrais problèmes, espérant qu'il s'arrête à temps. Les garçons eux aussi étaient en colère contre Martha parce qu'elle les avait retenus à l'intérieur, les avait empêchés de s'approcher quand ils avaient voulu sortir aider leur père, mais ils s'en sont vite remis, et sont tous allés manger des hamburgers, loin du vacarme des tronçonneuses.

On aurait dit que les beaux jours s'étaient soudainement arrêtés, comme un train, et ils ont cessé d'aller au parc jouer au baseball, à la place de quoi il s'asseyait dans le canapé à regarder la télé et Martha, leur mère, se plaignait de plus en plus de faire la cuisine et la vaisselle, au point de casser des assiettes, et il gueulait, et elle gueulait, et les garçons faisaient semblant de ne pas entendre leur mère, désabusés.

Quand ils ont finalement déménagé et quitté le quartier, il n'est pas venu avec eux, mais il n'est pas resté non plus, il s'est installé ailleurs. Les garçons ont commencé à lui poser des questions, à elle, pas à lui, et elle ne pouvait pas y répondre, désemparée, mais il n'était plus là et eux si, et ils n'aimaient pas leur nouvelle maison. C'était nul de ne rien dire, et ça ne leur apportait aucun réconfort. Ils n'aimaient pas le nouveau type qu'elle avait invité à vivre sous leur toit, mais ils ne disaient rien, comme à leur habitude, et elle non plus, et ils ont grandi, sont devenus des ados, jouant toujours au baseball, dans l'équipe du lycée avec laquelle ils ont remporté le championnat de la ville, toujours deux ans d'écart et grandissant toujours, voyant leur père presque tous les week-ends. Il n'avait pas l'air aussi déprimé qu'au début, il retravaillait maintenant, et ils ont continué de le voir même après que le joueur qui frappait des home runs avait pris, à presque cinquante ans, sa retraite de la division semi-professionnelle. C'était comme si chaque changement était grippé par la rouille.

Appétit d'oiseau

L'appartement de Denise est mal éclairé et très peu meublé. Il se situe au deuxième étage d'un immeuble dont la plupart des locataires paient un loyer modéré.

Elle fait la lecture à Tommy quand la sonnerie retentit.

– Qui c'est, maman ?

– Une minute, mon chéri.

Denise se lève pour appuyer sur l'interphone.

– Denise ?

– J'arrive.

Denise retourne vers le canapé, se penche pour embrasser son fils. Elle attrape un pull-over et embrasse à nouveau Tommy.

– Tu sors encore, maman ?

– J'ai un rendez-vous, mon poussin.

– Encore ?

– Je serai rentrée tôt, je te promets.

– On peut finir *Thomas le petit train* ?

– Mon ami m'attend.

– Encore un peu ? S'il te plaît !

– D'accord. Encore une page. Jusque-là.

Denise montre la fin de la page.

– Tu peux me faire à manger avant de partir ?

– Je te ferai à manger quand je serai revenue.

– Ça va être tard. Je vais avoir vraiment très faim.

– Je vais essayer de rentrer tôt, mon poussin. Terry la voisine d'à côté va venir te voir.

Denise sort de chez elle en quatrième vitesse avant que son fils ne puisse dire quoi que ce soit de plus.

***

Robert attend devant l'immeuble, près des sonnettes et des rangées de boîtes aux lettres. Il est petit et il balance ses clefs de voiture d'une main à l'autre. C'est la deuxième fois que Denise sort avec lui. Ce soir de mai, il y a un léger crachin, ce qui est assez rare en cette saison à Los Angeles.

– Qu'est-ce qui t'a retenue si longtemps ?

Robert essaye de prendre un ton indifférent.

– Je faisais la lecture à Tommy.

– Tu voulais pas que je monte ?

– C'est encore plus dur pour lui.

– D'accord. Où veux-tu aller ?

– Je sais pas.

Ils entrent dans la voiture de Robert, une Chevrolet Lumina. La radio est assez forte, KROQ. Sans que Denise le lui demande, Robert baisse le volume.

Dès que la musique se calme, elle propose rapidement :

– Si on allait au Neapolitan ?

– Les portions sont grosses là-bas.

– Tu n'aimes pas ?

Le Neapolitan est un restaurant italien qui se trouve à proximité de Hollywood Boulevard et de Vermont. Les homos extravagants de Silver Lake s'y mêlent aux fans de musique d'East Hollywood et aux rockeurs en herbe. Denise allait souvent là-bas avant d'avoir Tommy.

Robert change de station pour un doux son de cool jazz.

– Si tu n'aimes pas, on peut aller ailleurs.

– Non, non. Le Neapolitan, c'est parfait. Tu dois être affamée. Les parts sont énormes.

– J'aime l'ambiance.

– C'est un super endroit pour observer les gens.

– C'est ça qui me plaît.

Robert met les essuie-glaces en marche alors que la pluie commence à tomber plus fort. De petites gouttes passent au travers de la vitre qui ferme mal, et tombent sur Denise.

– Monte le son, Robert. S'il te plaît. J'adore cette chanson.

Robert augmente le volume et Denise commence à chanter sur la musique :

– *Walking in rhythm,*

« *Moving in sound ;*

« *Thinking about my baby,*

« *Trying to move on.*

***

Il y a de l'attente au Neapolitan. Quinze à vingt minutes. Pas tant que ça pour un samedi soir, en fait – mais Denise commence à avoir la bougeotte. Robert remarque qu'elle est inquiète, mais il essaie de rester cool.

Ils offrent du vin au Neapolitan, et Robert veut attendre d'avoir une table avec des banquettes, mais quand le serveur leur demande quel genre de table ils veulent, Denise répond : « La première qui se libère ».

Ils sont assis en moins d'un quart d'heure, mais se retrouvent coincés dans un coin.

Denise commande une grande assiette de poulet au parmesan, une salade, un plat de spaghettis avec de la sauce tomate et du pain à l'ail.

– Eh bien, tu dois avoir faim !

– Tout a l'air tellement bon.

Robert commande une petite assiette de veau au Marsala.

Quand la serveuse s'en va, Denise se penche par-dessus la table et caresse les mains de Robert. Il a de jolies mains, douces et bien proportionnées.

Quand le repas arrive, Denise mange trois fois rien. Elle regarde souvent sa montre.

– Ça va ?

– Oui. Très bien.

Denise continue de manger du bout des dents.

La serveuse arrive.

– Vous avez terminé ?

– Je vais rapporter tout ça chez moi.

– Vous voulez aussi le pain ?

– Oui, tout, s'il vous plaît.

Alors que la serveuse s'en va, Sal arrive. C'est le patron.

– Hé, ça fait longtemps que je t'avais pas vue, il dit avec un fort accent sicilien.

Il se penche pour embrasser Denise sur les deux joues.

– J'ai un petit garçon.

– Alors tu sors, tu fais une petite pause ?

– Oh, je... ouais. Et Sal, je te présente Robert. Robert, Sal. C'est le patron.

– C'est très bon, dit Robert en lui serrant la main.

– Hé, je vais vous faire servir des spumoni, dit Sal.

Il adresse un clin d'œil à Denise.

Sal leur envoie à la fois les desserts et le joueur d'accordéon. Il joue *Volare* et *That's Amore*.

Denise n'arrête pas de gigoter.

Robert donne un pourboire de cinq dollars au musicien, et il se remet à jouer. Robert n'essayait pas de lui faire jouer d'autres morceaux.

Denise demande à ce qu'on lui emballe aussi la glace.

– Je crois que j'ai eu les yeux plus gros que le ventre.

– Un tout petit peu, dit affectueusement Robert.

– Ma mère disait toujours ça, dit Denise.

– On va se prendre un dernier verre quelque part ? demande Robert. Au Dresden peut-être ?

– Il faut vraiment que je rentre.

– D'accord.

Robert paie l'addition. Denise sent qu'elle doit s'expliquer.

– C'est simplement que je me fais du souci pour Tommy, elle dit. La baby-sitter n'a pas pu venir et c'est ma voisine qui garde un œil sur lui, mais bon.

– Je comprends. Je te ramène.

– Merci, Robert. J'apprécie beaucoup. Vraiment.

Denise n'a jamais prévu de baby-sitter. Elle ne peut pas se le permettre. Pas ce soir. Pas de si tôt.

Robert la conduit directement chez elle.

– Tu veux un peu de mes plats ? demande Denise une fois devant son appartement. J'en ai tellement commandé.

– Non, prends tout.

– Merci, Robert. J'ai passé une très bonne soirée. Vraiment. Enfin, j'imagine que c'est dur à croire, vu comment j'étais nerveuse et tout, mais c'était vraiment chouette.

– Moi aussi, dit Robert et il se penche pour l'embrasser.

Elle se blottit contre lui et l'embrasse fort et longtemps et avec la langue. Puis elle recule.

– Il faut que j'y aille.

– Je comprends, dit Robert pour la deuxième fois.

Elle ouvre la porte de la voiture et sort sous la pluie.

– Samedi prochain ?

– D'accord.

Denise ferme la portière, le salue brièvement d'un signe de main, et monte les escaliers en courant.

À l'étage, Tommy dort dans le canapé, la télévision encore allumée. Terry a laissé un mot pour dire qu'elle est rentrée se coucher, mais que Tommy s'est endormi et qu'il va bien. Elle a laissé l'heure sur son message. C'était il y a seulement une demi-heure.

Denise réveille Tommy.

– Regarde, mon chou. Je t'ai amené ton repas préféré. Réveille-toi, mon chéri !

Tommy change de position et se réveille doucement. Denise éteint la télé.

– Coucou, maman, dit Tommy. J'ai très très faim.

– Je sais, mon poussin. Mais j'ai du poulet et des spaghettis et du pain à l'ail et de la glace.

– Je regardais *Nick at Nite*.

– Je sais, mon chéri, mais il est tard. L'émission est terminée.

Denise se précipite à la cuisine pour réchauffer la nourriture. Tommy mange le spumone en premier pendant qu'il est tout seul.

– Mange tout ça, mon chéri. C'est bon.

Tommy mange tous les restes de poulet, de pain et de pâtes.

Quand il a fini, il est de nouveau fatigué, assommé après un gros repas. Denise le porte jusque dans son lit à elle, là où il dort d'habitude. Elle lui chante des chansons et bientôt, elle entend qu'il dort profondément. Elle attend là quelques minutes à écouter la respiration calme de Tommy et son propre estomac qui gronde. « *Walking in rhythm, moving in sound.* » Donald Byrd. Elle chante une deuxième fois le morceau.

Elle se lève en silence et retourne dans le salon où elle regarde l'assiette en carton dans laquelle son fils a mangé, puis elle scrute dans les boîtes de nourriture à emporter. Il a tout mangé. Elle va dans la cuisine et regarde dans le réfrigérateur. Il y a un pot de beurre de cacahuètes. Elle prend une cuillère à soupe et la plonge directement dedans. Il ne reste pas grand-chose, mais elle racle quand même le pot. Quand elle a fini, elle retourne dans leur chambre et entre dans le grand lit à côté de son fils, puis essaie de trouver le sommeil.

Soy hombre

La chaleur était palpable. Le soleil semblait s'étaler sur le trottoir comme un œuf qu'on aurait laissé tomber par la fenêtre du deuxième étage.

Elle marchait pieds nus sur la chaussée. Elle était jolie et portait un bébé dans les bras.

Le pasteur la regardait et se demandait si la plante de ses pieds lui brûlait. Ses jambes étaient longues et fines.

Le pasteur était assis à son bureau. Il regardait la femme. Ainsi que toutes les autres femmes qui se trouvaient dehors, sous la fenêtre de son bureau au premier étage. Il était en train de préparer un sermon.

En bas dans la cour, la femme est allée rejoindre une longue file d'attente. Le temple distribuait du lait pour bébé et des Pampers gratuites aux mères indigentes qui vivaient dans la rue. Le pasteur avait lancé ce programme le mois précédent. Il en était fier, ainsi que de tous les fidèles qui avaient offert leur aide sans hésiter.

Le temple se situait dans un quartier agréable qui avoisinait un quartier difficile. C'est ainsi que le conseil paroissial l'avait présenté au pasteur quand ils l'avaient embauché. Comme de nombreux quartiers à Los Angeles, avaient-ils ajouté pendant l'entretien.

Le pasteur a fermé sa Bible et rangé les papiers sur son bureau. Il était l'heure de rentrer chez lui. Il a appelé sa femme pour lui dire qu'il n'allait pas tarder. Il a regardé de nouveau par la fenêtre. La femme aux pieds nus était à présent en troisième position dans la queue.

Avant de descendre fermer les portes, le pasteur a tendu la main pour s'emparer d'un Kleenex qui se trouvait dans une élégante boîte bleue pour homme, posée sur le coin droit de son bureau. Il en a pris un, l'a utilisé, l'a jeté, puis il a voulu en prendre un deuxième. Il n'y en avait plus. Jamais il ne s'était attendu à ne plus avoir de mouchoirs et la boîte, jusqu'à ce qu'elle soit complètement vide, lui avait semblé infinie et interminable. Il savait que sa vision du monde était similaire, pas seulement sa vision du Ciel et de la Terre, mais de tout – son poste au temple, les relations sexuelles, un après-midi à la plage. Il pensait rarement à ce qui allait se passer ensuite, ou à la fin des choses. Rien qu'à l'infini présent.

Il a sorti un petit bloc-notes de la poche de son veston. Il a écrit le mot « Kleenex » sur la liste de courses qu'il avait faite sur la première page de son petit calepin à spirales – juste en dessous de « gelée de raisins ». Il a remis le carnet dans sa poche.

Au rez-de-chaussée, le personnel avait quitté les lieux. Le pasteur vérifiait les portes, fermant à clef celles qu'on avait négligemment laissées ouvertes. Sa secrétaire oubliait presque tout le temps de fermer derrière elle quand elle partait. Il lui rappelait constamment que pratiquement tout le matériel de valeur du temple se trouvait dans son bureau – un ordinateur, une photocopieuse, un scanner, un fax. En vain. Le pasteur a secoué la tête puis il a continué à vérifier si les portes étaient fermées.

Il avait presque fini son petit circuit quand le gardien s'est approché de lui. Il a parlé très vite et s'est dressé sur la pointe des pieds quand il a pris la parole.

– Pasteur Reynolds ! Il y a un homme dans la cour. Il arrache les mauvaises herbes, et il parle tout seul.

Le pasteur a rangé ses clefs dans sa poche et il est sorti voir ce qui se passait. Dans l'embrasure de la porte, il a plissé les yeux à cause du soleil. Il avait laissé ses lunettes sur son bureau à l'étage. Ses yeux ont mis une minute à s'habituer. Comme le gardien l'avait dit, un inconnu était en train d'arracher les mauvaises herbes dans la cour. L'homme d'environ trente ans était latino, maigre et mal rasé. En dépit de la chaleur, il portait une chemise en flanelle, boutonnée jusqu'en haut.

L'homme répétait sans arrêt la même chose. Ses paroles étaient prononcées à mi-voix. Le pasteur s'est approché pour entendre ce qu'il disait.

– Vous voyez, a dit le concierge. Vous voyez ce que je disais ?

Le pasteur était assez proche maintenant. Il parlait espagnol et coréen, il avait étudié ces langues pendant ses études supérieures. Il les utilisait toutes les deux au cours de ses services. Du coup, il entendait parfaitement l'homme et il le comprenait.

– Soy hombre, disait l'homme. Puedo trabajar. Soy hombre. Puedo trabajar.

Il répétait ça, encore et encore, alors qu'il arrachait les mauvaises herbes.

– J'appelle la police ? a demandé le gardien.

Le pasteur a regardé le gardien. Il a essayé d'imaginer le monde tel que le concierge devait le percevoir. Il a essayé de comparer cette vision du monde à la sienne. Il a observé plusieurs minutes de silence pendant lesquelles il a pris cela en considération.

– Monsieur le pasteur ?

– Laissez-le tranquille, Bob, a dit le pasteur Reynolds. Il n'est pas fou. Il va bientôt partir… je suppose.

– Il fait peur aux femmes qui font la queue, a dit Bob.

Le pasteur a regardé les femmes qui attendaient dans la file. Il a vu la femme aux pieds nus. Elle avait déjà pris ses Pampers et son lait et elle se dirigeait vers l'arrêt de bus. Elle tenait fermement son bébé dans un bras, le sac de provisions dans l'autre.

C'était un soir de juillet, il était dix-huit heures et il faisait encore chaud. La pelouse du temple était marron et fanée à cause de la chaleur et de la sécheresse.

La femme portait un débardeur et un jean coupé qui s'effilochait. Ses jambes, ses bras et ses pieds étaient bronzés. Elle marchait d'un pas rapide.

Le pasteur a regardé le concierge puis il a regardé la femme. Il a rejeté ses cheveux en arrière. Ils étaient un peu longs, légèrement gris et dans ses yeux. Tout à coup, il s'est placé devant la femme et il a passé ses bras autour d'elle et il les a embrassés, elle et son enfant.

– Ça va bien se passer, il a dit. Tout va finir par s'arranger. Croyez-moi.

La femme l'a embrassé sur la joue.

– Merci, monsieur le pasteur, elle a dit. Merci. On apprécie ce que vous faites ici.

Il l'a serrée contre lui, fort et longtemps. Il sentait la sueur qui coulait le long de son cou et de son dos, ainsi que le coton humide de son débardeur. Il a levé le regard vers la cime des arbres que la brise, qui s'était enfin mise à souffler, faisait balancer, et puis il a regardé de nouveau les cheveux blonds aux racines noires de la femme.

La femme a haussé les épaules, réassurant la prise qu'elle avait sur le bébé, cherchant à se débarrasser de l'étreinte du pasteur.

– Je vais devoir y aller, mon Révérend.

– Oui, bien sûr. Je suis désolé, il a dit en la laissant partir.

– Y a pas de quoi. Encore merci.

La femme s'est éloignée, marchant toujours d'un bon pas.

Le pasteur s'est retourné vers le concierge.

– Bob, pouvez-vous vérifier les portes ce soir ?

Il parlait sur un ton inhabituellement humble et plaintif.

– Oui, monsieur le pasteur. Bien sûr.

Sans se donner la peine d'aller récupérer sa mallette ou ses lunettes dans son bureau à l'étage, le pasteur s'est dirigé vers sa voiture, une Chevrolet Caprice neuve de couleur vert foncé. Une voiture robuste. Il faisait sauter ses clefs dans sa main pendant qu'il marchait, lentement. Quand il est arrivé à sa voiture, il s'est appuyé contre elle et il a sorti deux photos de son portefeuille. L'une était celle d'une femme blonde aux pieds nus qui avait des jambes longues et fines ; l'autre, celle de sa femme et de son fils. Sur la photo, le garçon porte le maillot de baseball de l'équipe des poussins. Sa femme a ses cheveux bruns attachés. Ils font tous les deux un grand sourire. En regardant les photos, le pasteur Reynolds ne souriait pas, mais il les a regardées sans se laisser distraire, pendant longtemps. Le soleil se couchait. Ça se radoucissait enfin. Il a remis les deux photos dans son portefeuille et il s'est mis à marcher, puis a dépassé sa voiture pour se rendre à l'arrêt de bus. Il a regardé sa montre et s'est appuyé contre le panneau de signalisation, attendant le bus qu'il avait eu envie de prendre depuis si longtemps.

Le bracelet

Je lui donne pour un dollar, voire un peu plus, de monnaie.

– Je te parie qu'il va s'en servir pour acheter des bières, lâche ma femme.

– Je me fous de ce qu'il achète, je lui réponds.

À chaque fois c'est la même chose. Je donne pas mal d'argent dans la rue. Pas mal, c'est pas vrai. Je donne un peu d'argent, mais très souvent.

– Je comprends pas, elle me dit.

– Je sais bien.

Je n'ai pas envie d'en parler. Nous allons nous faire un resto et un ciné, sur Vermont Avenue dans East Hollywood. Il est trop tôt pour faire une scène. Ça viendra plus tard, après le film, quand on sera en boîte.

C'est vrai que le type avait l'air bourré ou défoncé.

– Je crois simplement que tu ne veux pas y penser, elle me lance.

– C'est dégueulasse, je lui réponds. Écoute, s'ils font la manche, c'est qu'ils en ont plus besoin que moi.

– Tu ne les aides pas vraiment.

– Je sais bien.

Ma femme est belle dans sa veste Pucci rétro, orange et vert. Elle porte un sac à main Prada bleu à anses courtes. C'est moi qui lui ai acheté les deux.

Il y a du vent au mois de mars et elle remonte le col de sa veste. Je passe mon bras autour d'elle. Je porte un léger gilet en laine. Nous avons dans les trente-cinq ans et nous sortons beaucoup dans les boîtes de nuit, nous profitons de la vie. Nous sommes tous les deux avocats pour des ONG. Nous n'avons pas d'enfant – pour l'instant. Nous mangeons très souvent au restaurant.

La nuit commence à tomber. Nous sommes sortis plus tôt que d'habitude à cause du film.

– Ils ont besoin de travail, elle dit.

– Et qui va leur en donner ?

– Tu te comportes comme si j'en avais rien à secouer.

– Je sais que tu te sens concernée, je réponds.

– Même si j'y pensais autant que toi, ça ne changerait pas grand-chose.

– J'essaie peut-être simplement de sauver ma conscience…

J'enlève mon bras de son épaule.

– J'ai pas dit ça…

– Je sais.

– Et je sais que ça ne te laisse pas indifférent…

– Comme tu veux…

– Le Figaro ou le Vermont ?

Elle me demande quel restaurant choisir. Les deux sont chers ; les deux me conviennent, ce sont mes préférés dans cette rue.

– On y peut rien, je fais.

– Je crois que c'est ça qui rend les choses encore plus difficiles.

– Allons au Vermont, je tranche.

C'est le plus cher des deux.

Alors que nous marchons, l'homme à qui j'ai donné de l'argent – un dollar et demi peut-être, tout au plus, des pièces et un billet – court dans notre direction.

– Excusez-moi, il dit, à bout de souffle. Excusez-moi.

Maintenant que je le regarde un peu plus attentivement, je vois qu'il a effectivement l'air bien aviné. Il est très sale et hirsute.

– Tu vois, il va nous demander autre chose, murmure ma femme.

L'homme se dirige vers ma femme, pas vers moi. Elle ne le regarde pas de travers ; son visage est avenant ; elle est prête à écouter. Il se tient juste devant elle. Il ouvre la main.

– Je crois que vous avez fait tomber quelque chose, il dit.

Il tient le bracelet de ma femme. C'est un bracelet en argent, avec des turquoises, du corail, des améthystes et des onyx. Je lui ai offert à Noël dernier.

Il lui donne le bracelet.

Elle me regarde puis je la regarde.

L'homme se retourne pour partir.

Ma femme ne dit rien. L'homme ne dit rien. Je ne dis rien.

Après un instant, elle crie « Merci » à son dos qui s'éloigne.

Ma femme et moi traversons la rue pour aller manger. Je lui reprends le bras. Elle met le bracelet dans son sac à main.

– Il va falloir que je fasse réparer le fermoir, elle dit.

L'homme s'éloigne, sans regarder derrière lui, et retourne d'où il est venu, devant la Bank of America.

Comme des colis dont la destination diffère – certains partageant un bout de chemin, d'autres expédiés seuls – nous nous enfonçons tous les trois dans notre nuit, et puis la soirée s'achève.

Dédommagements temporaires

Poz, Army et leurs copains descendaient la rue en courant, des cailloux serrés dans les mains, hurlant des insultes de toutes leurs forces.

Le bruit de la vitre volant en éclats a rappelé à Poz la dernière dispute entre sa mère et son mec quand ils avaient saccagé la maison – cassant vases, assiettes, vaisselle. Poz avait détesté ça.

La femme qui vivait dans la maison a passé sa tête à travers la vitre cassée et a crié en espagnol.

Quand tous ses amis sont rentrés chez eux, Poz est retourné à la maison de la famille mexicaine. Il s'est rongé les ongles puis il a frappé à la porte. Il avait 75 dollars dans sa poche – il venait de les gagner en vendant un ordinateur portable volé.

Quand la femme a répondu à la porte, Poz a expliqué : « Je viens de casser votre vitre et je voudrais vous rembourser. »

La femme ne parlait pas un mot d'anglais alors elle est allée chercher son fils pour qu'il traduise. L'enfant ne devait pas avoir plus de huit ans. La femme a eu l'air perplexe quand Poz lui a dit ce qu'il voulait – elle a demandé à son fils de répéter – mais elle a pris l'argent.

Poz est sorti de la maison et a regardé autour de lui avec inquiétude, s'assurant de ne pas être vu. Ce n'était pas la dernière fois qu'il allait faire un truc pareil car, pendant un temps, sa bande allait régulièrement casser la fenêtre de cette famille. Les Mexicains ont fini par quitter le quartier.

Les chevaux du savoir

Nous avons ri avec tendresse lorsqu'elle est tombée de cheval. Nous ne nous étions pas rendu compte qu'elle s'était fait mal. C'était seulement un poney. Elle n'était pas tombée de haut.

Ce matin-là, un clochard était entré par effraction dans notre voiture. Juste devant chez nous. Les sapins qui bordaient la propriété étaient taillés comme des missiles. J'ai toujours détesté ça. En plus, ils nous empêchaient de voir notre voiture, qu'on nous avait déjà volée plusieurs fois. J'avais toujours voulu abattre ces arbres, mais j'avais peur que le propriétaire nous expulse si je le faisais. Il était très fier de sa haie. Quoi qu'il en soit, quand j'ai surpris le clochard et que je l'ai attrapé au collet, il tenait – serré très fort dans sa main – un rouleau de Life Savers à la menthe qui était resté sur le siège avant de la voiture. Il a dit qu'il avait eu une envie irrésistible de sucer un Life Savers et qu'il ne pouvait pas s'en payer. Je lui ai donné quelques dollars de ma poche et je lui ai dit d'aller se faire voir ailleurs. Le reste de la matinée, j'ai été bougon et renfrogné.

Diana avait neuf ans. Tous les samedis, nous la conduisions de la maison aux sapins missiles que nous louions depuis seize ans jusqu'à Griffith Park pour qu'elle suive son cours d'équitation. Diana aimait beaucoup ça et, d'une manière ou d'une autre, nous retirions une grande satisfaction de pouvoir lui offrir un privilège – même si c'était un centre d'équitation public – qu'autrement, nous n'aurions pas pu nous permettre. L'équitation semblait être une activité au-dessus de nos moyens, mais rien n'était trop beau pour Diana. Nous attendions beaucoup d'elle. Elle avait parlé et marché à un très jeune âge. Ses grands-parents disaient qu'elle allait être un génie. Aucun autre enfant du quartier ne savait monter à cheval. Nos attentes, à Nancy et moi, étaient comblées, et Diana avait l'air de vraiment aimer ça. Au contraire de ces enfants qui sont forcés par leurs parents à apprendre le piano ou à faire de la danse classique. Elle aimait les chevaux. Et nous, nous aimions la conduire à son cours, chacun pour ses propres raisons.

Ce matin-là par contre, après l'incident avec le clochard, je n'ai pas eu envie d'aller au centre. Nancy s'était rangée à mon avis. C'est Diana qui avait insisté.

Nous vivons dans une petite impasse sur Riverside Drive, entre Los Angeles et Glendale. Le fleuve Los Angeles est à deux pâtés de maisons de là, enchâssé dans le béton et n'entrant en crue que pendant les hivers pluvieux, à peu près une fois tous les quatre ans.

La plupart de nos voisins occupent les postes d'ouvrier les mieux payés, comme moi. Mais dernièrement, il y a eu beaucoup de licenciements – dans l'aéronautique, dans l'automobile, etc. Certains de nos amis ont récemment perdu leur maison, saisie par les banques. Des gens plus riches s'installent dans le quartier – architectes, avocats et consorts. Je préférais mes anciens voisins. La plupart de mes voisins, mis à part ces jeunes cadres, sont latinos. Avant les saisies immobilières, nous étions les seuls blancs du quartier, ce qui me convenait parfaitement. Je connaissais tous les gens qui habitaient ici et nous nous appréciions les uns les autres. Mais je ne me vois pas sympathiser avec des avocats pour autant, ni même avec des architectes d'ailleurs. Tous leurs enfants savent probablement déjà monter à cheval.

Diana s'était cogné la tête à l'automne. On aurait dit qu'elle oubliait des choses. Nos rires se sont transformés en inquiétude. L'animateur équestre l'avait regardée dans les yeux et nous avait dit qu'elle n'avait rien. Alors, nous étions rentrés directement à la maison, nous épargnant un passage à l'hôpital.

Ma femme avait travaillé comme danseuse du ventre dans un resto grec de la vallée. Sur le chemin du retour, j'ai voulu savoir si on pourrait bientôt y aller. Prendre une baby-sitter. Le samedi suivant peut-être. Nancy se faisait du souci pour Diana qui était restée silencieuse pendant tout le trajet. Nancy m'a dit qu'on ne pourrait pas y aller. Qu'on ne pouvait plus y aller. Qu'il y avait eu un changement de propriétaire. Elle était agacée que je puisse faire une telle suggestion. Je pensais moi aussi à Diana, mais je ne disais pas ce que j'avais sur le cœur. Ça ne faisait que commencer.

Pendant des semaines, nous avons craint qu'elle ait des lésions cérébrales. Moi, en particulier. Nancy avait arrêté de s'en faire. Chaque fois que Diana ratait un contrôle à l'école, j'étais inquiet. Pourquoi avions-nous écouté l'animateur ? Pourtant, Diana disait qu'elle allait bien. Mais elle n'avait que neuf ans. Et elle était anormalement silencieuse. Nous aurions dû l'emmener chez le médecin de toute façon. C'est ce que nous avons finalement fait, plusieurs semaines plus tard, et ils ont branché des électrodes sur sa tête et, au bout de quelques heures, nous ont annoncé qu'elle allait bien.

Ça ne me suffisait pas.

Avec le temps, on voyait de plus en plus de clochards dans le quartier. Je m'occupais de moins en moins de les chasser. Je laissais les avocats régler le problème.

J'ai commencé à me rendre à des séances de spiritisme. Je n'ai rien dit à Nancy. Je pensais que, d'une manière ou d'une autre, les morts sauraient peut-être si le cerveau de Diana avait été réellement endommagé. J'ai fait plein de trucs délirants. Il fallait que je sache.

Au cours de ces séances, j'étais en compagnie d'un groupe de personnes que, jusque-là, j'aurais pris pour des fous. Des barjos – appelez-les comme vous voulez. Des gens instables.

J'avais répondu à une annonce dans le journal, un de ces hebdomadaires locaux destinés aux étudiants. Une certaine Mme Torrance a répondu au téléphone. Mardi soir à sept heures et demie, et l'adresse : c'est tout ce que j'avais pu tirer d'elle. Elle m'a dit qu'il fallait que j'assiste à la séance pour en savoir plus sur leurs méthodes ou sur le contenu des entretiens. Les « esprits » n'approuveraient pas qu'elle divulgue quoi que ce soit au téléphone.

Quand je suis arrivé le premier soir, après avoir dit à Nancy que je sortais jouer aux cartes avec des vieux copains, plusieurs personnes étranges étaient déjà assises en cercle sur des coussins, dans le salon de Mme Torrance. Je me demandais ce que M. Torrance pensait de tout ça. J'ai appris plus tard que Mme Torrance était veuve.

Mme Torrance – elle a dit que je pouvais l'appeler Edna, mais au début, j'ai refusé – m'a emmené jusqu'à mon coussin. Ils attribuaient toujours la même place aux nouveaux arrivants, à la gauche du médium – Mme Torrance, en l'occurrence.

Alors que la séance allait commencer, le sens du devoir qui m'avait poussé jusqu'ici m'a soudainement abandonné. Je suis redevenu ce type cynique, à deux doigts de lancer une vanne, et à ce moment-là, mon obsession pour la chute de Diana avait cessé d'exister. Quand les lumières se sont éteintes, elle est vite revenue.

Les fous comprenaient mon malheur, et du coup, je les appréciais. Mais, après avoir parlé avec plusieurs morts au cours de différentes sessions, baignant tous dans une lumière rouge qui semblait mieux convenir à un bordel, je n'ai rien appris sur l'état du cerveau de Diana.

Pendant les nuits qui ont suivi l'accident de Diana, dans l'affreuse pénombre silencieuse, j'entendais les bruits de la ville. Je n'arrivais pas à dormir. À cette époque, ils n'avaient pas encore fermé la caserne des pompiers. (Les mesures de réduction d'impôts allaient rapidement se charger de ça. Nous allions nous impliquer dans le mouvement contre la fermeture de la caserne.) Le son des sirènes et le vrombissement puissant des gros camions de pompiers étaient des bruits auxquels je m'étais depuis longtemps habitué. Pourtant, à ce moment-là, même les sons les plus familiers me réveillaient ou me tenaient éveillé. Mon sommeil agité a poussé Nancy à me demander de dormir sur le canapé. Je l'empêchais de dormir. Nous n'avions pas de chambre supplémentaire. Je comprenais, et j'ai donc passé la majorité de mes nuits pendant les mois suivants à dormir – ou pas – sur l'étroit canapé, me retournant même une fois si violemment que je suis tombé par terre. Je me suis fait mal aux côtes dans la chute. Les insomnies sont vite passées, mais j'étais toujours assailli par les problèmes de Diana – ou par des problèmes sortis de mon imagination, au choix.

Ça m'a pris plusieurs mois pour passer une nuit sans me réveiller. C'est à ce moment-là que je me suis mis à tuer des chevaux. J'ai acheté un revolver, un truc pas cher. Un soir par semaine, d'habitude le vendredi, je sortais en cachette, tard, et je roulais jusqu'au centre équestre où Diana avait fait du cheval. Elle avait arrêté de monter et préférait s'acheter des fringues, des disques et des trucs dans le genre. Le voyage la nuit au milieu des forêts sombres qui marquaient l'approche du centre équestre, après la patinoire, et dans ce qui semblait à mes yeux de citadin une région sauvage, m'a convaincu du caractère sacré de ma mission.

La nuit, ils gardaient les chevaux dans une grange. La grange était fermée avec un cadenas de mauvaise qualité que j'ai forcé avec le démonte-pneu qui était rangé dans mon coffre. Dès que j'ai ouvert la porte, l'odeur m'a submergé. J'avais grandi en ville. La campagne m'avait toujours foutu les jetons. Alors que je m'introduisais dans la grange, mes yeux s'habituant à la pénombre, l'odeur m'est restée en travers de la gorge, j'ai toussé et les chevaux ont commencé à piétiner nerveusement. J'ai été surpris qu'ils ne soient pas tous endormis.

Je me suis arrêté au premier box et j'ai allumé ma lampe torche. En longueur, le box ne faisait que cinquante centimètres de plus que le cheval qui était dedans – une jument bistre à l'air fatigué – et peut-être deux fois plus en largeur. L'animal était réveillé, calme ; un peu de nourriture, de l'avoine je crois, était collé autour de sa bouche. Elle avait la tête baissée. J'ai décidé qu'elle était trop triste et vulnérable, et je suis passé au box d'à côté. Il contenait un cheval mâle dont la stature dépassait de loin ce que je m'imaginais pouvoir trouver dans un centre d'équitation public. Il était noir foncé, et il avait une belle musculature ; je l'aurais plutôt vu courir à Santa Anita (ou à Hollywood Park) qu'ici. Peut-être qu'il était arrivé au centre à cause d'une jambe blessée ? Ça m'était complètement égal.

J'ai pris le flingue à deux mains, comme un acteur de série B, je me suis accroupi et j'ai appuyé trois fois sur la détente. Le cheval s'est ébroué, il a dressé la tête. Il s'est ensuite bruyamment effondré contre le box en bois puis il s'est écroulé par terre. Je suis parti rapidement, sans ressentir la moindre inquiétude.

Trois semaines plus tard, j'allais descendre la pitoyable jument.

Je ne suis pas sûr de ce qui m'a finalement fait arrêter, mais avant d'en avoir terminé, j'avais tué quatre chevaux.

L'année dernière, notre aîné, John, a été arrêté en Italie pour avoir fait sauter une banque.

Diana est diplômée de Stanford avec la mention *magna cum laude*, ce qui, d'après ce qu'on me dit, signifie « avec grande distinction » en latin.

Elle a vingt-trois ans maintenant, et sa chute de cheval ne lui a apparemment rien fait faire d'étrange.

La semaine dernière, Diana a commencé à travailler en tant qu'assistante pathologiste au bureau du coroner du comté. Elle travaille avec les morts.

Déchets métalliques

Il y a un homme qui marche sur Alameda Street le long de la voie ferrée. Il est sale. Il ramasse des canettes et les met dans un sac plastique vert.

Est-ce qu'il travaille, ou bien c'est un clochard ?

Je m'arrête pour lui parler. Il me dit qu'il va amener le métal et le verre à un centre. Il m'explique qu'ils vont le payer en échange de tout ça.

Est-ce qu'il fait les poubelles, ou bien c'est un entrepreneur ?

– Vous en avez ? il me demande.

– Pardon ?

Il s'arrête pour ramasser une canette. C'est une canette de Miller Lite et elle est écrasée.

– Elle est encore bonne, il dit.

– J'ai peut-être quelque chose.

Je sors mes clefs et montre ma voiture du doigt.

Il fait chaud ; je sens la chaleur qui émane des rails en métal. Ma chemise est constellée de sueur. Il y a des détritus partout. Les ordures ne bougent pas car il n'y a pas de vent.

Dans ma voiture, il fait encore frais grâce à l'effet de la clim. Je cherche à tâtons sur le plancher à l'arrière de la voiture et je trouve cinq canettes de Pepsi Light vides. Il sourit lorsque je les lui passe.

Il sourit à nouveau quand je propose de l'emmener en voiture.

Est-ce qu'il est reconnaissant, ou bien il est juste content de ne pas avoir à marcher ?

On remonte tout Alameda jusqu'à la 7e rue. Le centre de recyclage du centre-ville remplit un pâté de maisons à lui tout seul. Il y a, empilées à hauteur de deux étages, des balles de journaux et de cartons compressés, liées par des fils de métal. On dirait des colis qui attendent d'être postés. Il lance un regard oblique, hoche la tête et sort de la voiture.

– Gracias, il dit. Au revoir.

– Je vais attendre.

Il a l'air dérouté, mais il ramasse son sac de canettes et ferme la porte de la voiture. À travers la vitre, je le vois à nouveau hocher la tête. Je laisse le moteur tourner pour que la voiture reste à température. Il y a une petite flaque au pied du siège passager, là où il a posé son sac. Je prends un essuie-tout dans la boîte à gants pour l'éponger. Je remarque sur la housse du siège des traces qui n'y étaient pas avant, mais je ne peux rien y faire pour l'instant. J'allume la radio.

Quand il revient, il me montre ce qu'il a dans la main. Je compte avec lui : douze dollars quarante.

– Mucho dinero, il dit. Mucho dinero.

Je l'invite à boire une bière. Il sourit à nouveau.

Est-ce qu'il est content, ou bien il sourit tout le temps ?

On va dans un bar mexicain sur San Julian. Il me présente à ses amis. Je leur paie une bière à tous. C'est pas cher. Il me montre son meilleur ami, qui me dit être astronaute.

– Soy astronaut, señor, selon ses propres mots.

– Si, si, je dis en souriant.

Je lui parle de mon divorce et de mon boulot. Il me parle des programmes Mercury, Gemini et Apollo.

Je me tourne à nouveau vers le premier type et je lui pose d'autres questions sur la collecte des canettes et des bouteilles, des questions comme : combien paient les centres de recyclage et où sont les meilleurs endroits pour trouver beaucoup de canettes ?

On boit très tard, jusqu'à la fermeture du bar. On est bien bourrés et j'ai dépensé presque tout mon fric. À ma connaissance, il n'a rien dépensé et ça me va très bien. C'est ce que j'avais prévu.

On s'organise pour se revoir.

Est-ce qu'on est amis, ou bien c'est encore un type que je n'ai pas vraiment envie de connaître ?

Encore plus sale

J'étais sale ; elle l'était encore plus.

On s'est glissés dans son carton.

J'avais notre bouteille de Night Train.

Albert avait la plus grande tente. Son pote m'avait dit qu'il avait économisé sur ses chèques d'alloc pendant deux mois, arrêté de fumer et de boire, pour pouvoir se la payer.

Toutes les fêtes, petites et grandes, se passaient dans la tente d'Albert. Et il y avait toutes les filles du centre-ville.

C'est là que j'ai fini par la rencontrer.

***

Dans son carton, on a allumé des bougies.

Quand je lui ai massé la nuque, j'ai senti le gras et la sueur – accumulés depuis des semaines – qui roulaient sous mes doigts.

Certains de ses ongles étaient longs, d'autres courts. Les cuticules des courts étaient cerclées de noir ; les longs étaient maculés de crasse pareille à de la terre collée sous une pelle. Elle a retiré ma chemise et ses ongles longs m'ont griffé. Je les sentais fendre les ruisselets de ma sueur alors qu'elle les faisait rapidement passer sur mes épaules, mon dos et mon torse. Je bandais terriblement.

J'ai pris ses mains dans les miennes et j'ai sucé ses doigts sales un à un, en faisant varier la pression de mes lèvres et de ma langue. Elle s'est mise à gémir doucement. J'ai défait le bouton de son jean et ouvert sa braguette.

Ça ne faisait qu'un mois que j'étais à la rue. Tout ce que j'avais c'était un sac de couchage – pas de tente, ni de carton, rien pour m'abriter la nuit. Je cherchais des embrasures de porte et des ruelles.

Puis Albert a commencé à me laisser dormir dans sa tente de temps en temps.

Des fois, elle était là.

***

Ils étaient en train de reconstruire la façade d'un commerce au croisement de la 4e et de Main. J'ai demandé à un maçon ce que ça allait être, et il m'a dit qu'ils allaient ouvrir un bar. Je me suis dit que c'était cool.

Quand ils ont fini les travaux, je suis allé me promener par là-bas. C'était plein de riches. Je suis tranquillement retourné au King Eddie.

***

Elle était très sale et elle sentait très fort, et quand je lui ai enlevé son pantalon, elle sentait encore plus fort. Je lui ai retiré ses chaussures ; elle ne portait pas de chaussettes. Ses pieds aussi étaient sales, bien sûr, et dans le carton éclairé à la bougie où on baisait, l'odeur de ses pieds s'est mélangée à celles de sa chatte et de son cul. J'ai commencé à lui sucer les orteils, puis je lui ai léché les mollets et je suis redescendu vers ses pieds. Quand j'ai promené ma langue sur ses cuisses et fini par lui bouffer la chatte, elle mouillait comme une folle.

***

C'est plus rapide de monter une tente que de la démonter. C'est ce qu'Albert m'a expliqué. Joey était d'accord.

Sur Los Angeles Street, la personne qui plante sa tente à côté de la tienne, c'est ton voisin. Parfois, ils te choisissent jour après jour, prenant toujours la place à côté de toi. Albert et Joey étaient toujours l'un à côté de l'autre.

– Il surveille mes arrières, disait Albert.

Les gens étaient parfois jaloux d'Albert parce qu'il avait une tente vraiment super.

Joey prenait toujours sa défense.

– Il a économisé pour se l'acheter.

Personne n'était jaloux de Joey, mais ils l'écoutaient.

Joey avait une toute petite tente.

***

Notre carton était sur la 2e rue, non loin de la cathédrale Sainte-Vivienne, vide et barricadée, à quelques kilomètres du nouveau temple catholique en construction.

À l'époque, il y avait des cartons sur la 2e rue ; et des tentes sur Los Angeles Street.

Je la léchais vite puis lentement, fort puis tendrement, et elle a joui et elle a crié quand elle a joui.

On a entendu des rires et des sifflements venir des cartons d'à côté.

Je m'enivrais de ses odeurs et j'étais sur le point d'éjaculer rien qu'en la léchant.

Au bout d'un moment, elle a maintenu ma tête à distance pour respirer un peu, et j'ai léché son ventre sale qui était étonnamment ferme.

Elle m'a fait rouler sur le côté et elle m'a grimpé dessus. J'étais si excité que j'ai dû lui faire ralentir ses coups de reins.

Elle a doucement rebondi sur moi pendant un petit moment, puis elle a lâché prise.

Le Night Train commençait enfin à faire effet, j'étais plus calme. J'ai respiré lentement et suivi son rythme, et je me suis retenu de jouir.

Le carton était grand – je ne sais pas ce qu'il y avait eu dedans, quelque chose de plus volumineux qu'un réfrigérateur – elle sautait si violemment sur ma queue qu'elle n'arrêtait pas de se cogner la tête contre le haut du carton.

On n'a pas rigolé sur le moment ; seulement plus tard.

On a baisé, baisé et puis j'ai giclé fort en elle. J'ai joui en silence parce que j'en avais l'habitude, puis je l'ai serrée et elle m'a regardé dans les yeux pour être sûre et je lui ai confirmé d'un regard et elle a remis ses doigts dans ma bouche et je les ai de nouveau sucés un par un.

***

J'ai trouvé un journal dans une poubelle et je l'ai lu.

Les commerçants du centre-ville expliquaient au conseil municipal que Skid Row était néfaste pour la ville, qu'ils devraient nettoyer le quartier, qu'on nuisait au bon développement de Los Angeles.

J'ai remis le journal aux ordures.

***

Elle m'a dit qu'elle s'appelait Andi et on a fini la bouteille de Night Train et on a fumé nos dernières cigarettes et on a tenu nos corps sales l'un contre l'autre toute la journée et toute la nuit.

***

À l'aube, la police est venue accompagnée de fourgons de travaux publics et ils nous ont fait sortir de nos abris, puis ils ont démoli nos tentes et nos cartons, et ils nous ont rassemblés. Ils nous ont poussés contre les murs, ils nous ont fouillés, à la recherche de drogue et d'armes ou d'autres choses, et ils ont chargé toutes nos affaires dans les fourgons, puis ils les ont envoyées à la décharge ou ailleurs, peu importe, mais à un endroit où on ne les retrouverait jamais.

À midi, on s'était rassemblés, retrouvés, ceux qui restaient, et on a essayé de s'organiser mais il ne nous restait pas grand-chose.

La tente d'Albert n'était plus là et celle de Joey non plus, et tous les cartons avaient disparu, y compris celui d'Andi, et je ne l'ai vue nulle part et j'ai regardé partout, mais elle n'était pas là, alors j'ai demandé – j'ai demandé à Albert et à Joey, et j'ai demandé aux gens sans tente sur la 2e rue, et personne n'avait l'air de savoir, jusqu'à ce qu'une vieille femme, sale et débraillée, vienne me voir tandis que je criais le nom d'Andi et qu'elle me dise que les flics l'avaient arrêtée, qu'ils l'avaient emmenée – elle m'a dit qu'ils avaient trouvé de la drogue ou autre chose sur elle – mais, quoi qu'il en soit, ils l'avaient embarquée dans une voiture de police et ils étaient partis – ils étaient partis avec Andi menottée sur la banquette arrière – et je ne l'ai jamais revue.

Le quartier

Bouteilles cassées, bris de verre.
Je déplore ma vie décidue ; je mue comme un reptile.
Les ordures tourbillonnent et tournoient dans les caniveaux comme de l'eau sale dans un évier.
Elle tient ma main, puis la lâche.
Je vis seul dans une chambre d'hôtel ; ce n'était pas le cas l'an dernier.
Dans le bar sombre, des flaques de bière renversée sur le polyuréthane.
Nous ne savons pas s'il faut partir ou rester. Pour une multitude de raisons.
Nous restons jusqu'à ce que l'odeur disparaisse.
J'allume une cigarette ; elle ne fume pas.
J'erre dans les rues jusqu'à l'aube.
Le soleil apporte avec lui son lot de contraintes.

Direction artistique,
maquette et mise en page
Stéphane De Groef

Relecture
Lorane Marois

Diffusion-Distribution
Les Belles Lettres

Dépôt légal
Septembre 2016

Ce livre a été achevé d'imprimer sur
les presses de l'imprimerie Milenio
à Barcelone en août 2016,
grâce aux bons soins de Damien Filliatre.

Éditions Tusitala
11 rue Saint-Luc
75018 Paris
www.editions-tusitala.org

ISBN
979-10-92159-10-3